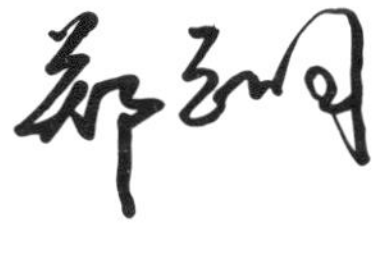

以匠心为刃雕琢岁月，以创新为帆劈波时代，

让每一次求索都成为刻录文明的年轮。

“大国工匠人物传”丛书

郑志明

匠心助力『中国速度』

廖献红◎著

中国工人出版社

图书在版编目（CIP）数据

郑志明：匠心助力“中国速度” / 廖献红著. -- 北京：中国工人出版社，2025. 5. -- ISBN 978-7-5008-8578-8

Ⅰ. I25

中国国家版本馆CIP数据核字第2025B6D659号

郑志明：匠心助力“中国速度”

出 版 人	董　宽
责任编辑	葛忠雨
责任校对	张　彦
责任印制	黄　丽
出版发行	中国工人出版社
地　　址	北京市东城区鼓楼外大街45号　邮编：100120
网　　址	http://www.wp-china.com
电　　话	（010）62005043（总编室） （010）62005039（印制管理中心） （010）62379038（社科文艺分社）
发行热线	（010）82029051　62383056
经　　销	各地书店
印　　刷	三河市万龙印装有限公司
开　　本	880毫米×1230毫米　1/32
印　　张	6
字　　数	100千字
版　　次	2025年6月第1版　2025年6月第1次印刷
定　　价	49.00元

国之大者，工匠先行

——“大国工匠人物传”丛书总序

在中华全国总工会成立100周年之际，全国总工会宣传教育部、中国报告文学学会、中国工人出版社联合开展了“文艺工作者走基层”活动，推出“大国工匠人物传”丛书，向全国总工会献礼，向广大劳动者致敬！

“知者创物，巧者述之守之，世谓之工。百工之事，皆圣人之作也。”这是中国所见年代最早的关于手工业技术文献《考工记》中对工匠的记载。“工”之责在于造物，“匠”者为能工鼎识者也。

幼时，老家云南昆明大板桥的老街上，从南头到北头，都是大大小小的手艺人，木匠、石匠、焗匠、骟匠、竹篾匠、鞋匠、箍桶匠……空气中飘荡着木匠的刨花香和石匠敲打出来的粉尘，充满着焗匠手中皮带的“吱扭扭”声、骟匠刀下小猪猡的闷哼、箍桶匠皮锤不轻不重的敲击声。老街上的竹篾匠是我的一个表姨夫，他来自四川，有着一手出神入化的编造竹篾手艺。粗壮的毛竹是表姨夫手中的“百万雄兵”，在一把锋利无比的刀的指挥下，被劈成厚薄、粗细不一的篾。表姨夫的本领仅次于撒豆成兵的天神，他能化篾成物，一般家里能见到、用到的器物，他都能用竹篾编出来。母亲曾命我在老街上买一个暖水瓶的内胆，然后去表姨夫的摊位上，坐等他为暖水瓶胆编制一件竹制的外壳。那个暖水瓶至今还在我家老屋的一个角落里。竹篾壳早已被岁月包了浆，虽然久不使用，却依然油润、红亮。这便是我幼时对匠人的记忆。

五千多年的中华历史长河中，涌现出了无数能工巧匠，他们或如明月光照，或如星河璀璨。一代代薪火相传的工匠精神，不仅成就了那些流芳百世的绝世建筑与器物，更是烛照我们通向文明现代化进程的精神之光，是我们文化的自信心、民族的根与魂。

从“嫦娥”探月到“祝融”探火，从“北斗”组网到“蛟龙”深潜，从港珠澳大桥横跨三地到大兴国际机场凤凰腾飞……这些挺起中华民族脊梁的大国重器、世纪工程背后，无不凝聚着万千工匠的心血和汗水，映照着工匠们孜孜以求、拼搏奋进的身影。

本套丛书收录的是全国总工会历年评选出的大国工匠

的人物传记。他们当中有焊接高铁的“工人院士”李万君、打破国外高端设备维修垄断的王树军、让中国锻件立于世界之巅的刘伯鸣、“人刀合一”的顶级钳工李凯军、在高空“穿针引线”的竺士杰、油田里的创新能手刘丽、了不起的“钢铁裁缝”艾爱国、数控机床上的“雕刻师”孟维、让三星堆文物“活”起来的郭汉中……他们有的是传统加工业的锻造者，为了突破技术瓶颈精益求精；有的是新兴制造业的探路者，为了实现精密制造巧思妙想；有的是军工行业的铸剑者，为了打造国之重器默默坚守；有的是民间手工艺的守护者，为了传承非遗文化精雕细琢……他们奋战在国防军工、装备制造、传统工艺等行业的第一线，以久久为功的钻研和创新，造就了一个个传奇。

这些杰出的工匠，尽管行业不同、岗位不一，成长经历各异，但他们都有着爱党爱国、敬业奉献、创新争先的优秀品质。他们耐得住清贫与寂寞，用灵巧的双手和精湛的技艺，数十年如一日地在平凡的岗位上雕琢自己心中的梦想，以实际行动诠释着“执着专注、精益求精、一丝不苟、追求卓越”的工匠精神。“天下大事，必作于细。”工匠精神既是中华民族技艺世代传承的价值理念，又是中国开启新征程，从制造业大国迈向制造业强国的时代需要。

“大国工匠是我们中华民族大厦的基石、栋梁。”2024年3月5日，习近平总书记参加十四届全国人大二次会议江苏代表团审议时强调“树立工匠精神”，指出“没有金刚钻，揽不了瓷器活”，要“把第一线的大国工匠一批一批培养出来”。党的十八大以来，习近平总书记对建设高素质劳动大军高度重视，强调“当代工人不仅要有力量，还要有智慧、有技术，能发明、会创新，以实际行动奏响时代主旋律”，深刻阐述工匠精神“执着专注、精益求精、一丝不苟、追求卓越”的内涵要义，号召全社会弘扬工匠精神，“为全面建设社会主义现代化国家、实现中华民族伟大复兴的中国梦提供有力人才和技能支撑”。

“匠心聚，百业兴。”无论是传统产业，还是新兴产业、未来产业，大国工匠在发展新质生产力的历史进程中不可或缺。随着经济发展方式转型和产业结构升级，中国要实现由制造大国向制造强国的转变，实现由中国制造向中国创造的跨越，离不开广大劳动者的创新和创造，更离不开对工匠精神的继承和发扬，于是呼唤更多大国工匠成为时代强音。

文艺是时代进步的号角，最能代表一个时代的风貌，最能引领一个时代的风气。中国报告文学学会、中国工人出版社联袂推出“大国工匠人物传”丛书，以图书的形式为大国工匠树碑立传，让他们的故事和精神具有更广泛的交流传播价值和长久的史料价值。本套丛书的写作者奔赴大国工匠生活的城市，深入大国工匠工作的厂区、车间、工作室，获取了全面细致的第一手材料，最终将大国工匠的成长、成才故事呈现在读者面前。

“大国工匠人物传”丛书讲述的是个人奋斗史，也描绘出大国工匠的群体形象。可以说，这套丛书是目前国内系统研究众多大国工匠人生轨迹的权威读本，既有对每位大国工匠的整体介绍和事迹梳理，又有具体的事件、案例，全面、生动地展示了大国工匠各个人生时期的工作和生活状态。

新时代是奋斗者的时代，中国式现代化建设新征程这一宏伟事业为广大工匠技能人才成就梦想提供了广阔舞台。每位劳动者都是主角，都可以成为工匠精神的践行者。大国工匠是新时代的最美奋斗者，更是和平年代当之无愧的英雄。

国之大者，工匠先行，向着中华民族伟大复兴的目标砥砺奋进，行稳致远。

是以为序。

目　录

第一章 工博里的脉搏

七月酷暑，骄阳当空。

这个季节的南方，酷暑难耐。地处华南的柳州，每天迎来的游客量高达数万人。柳江如一条绿色的缎带，缠绕着这座工业之城。是的，这座拥有60万名产业工人的重工业城市，除了网红特产螺蛳粉，还有汽车、钢铁等一批重工业。很难想象，一座工业城市，竟有一条如此碧绿清澈的柳江，其水质蝉联全国地表水冠军，成为柳州人的骄傲。

在这个平常的周末，笔者混入一拨从全国各地来柳州打卡的游客队伍，前往位于柳东路的工业博物馆参观。一进博物馆大门，笔者就有一种沁凉舒爽的感觉，室内冷气开得很足，游客既可以纳凉，又可以了解工业的历史进程。

柳州工业博物馆原址是柳州棉纺厂。馆里收藏了柳州各个工厂古旧、稀有的装备。这些老物件曾经深度参与了中国制造的发展、老百姓的日常生活，以及这座城市工匠精神的培育。在它们彻底变成一堆破铜烂铁之前，博物馆将它们归拢在一起，为柳州存下了一段细节鲜活的工业简史。其中，就有柳州最早制造的木炭车、拖拉机、织布机、缝纫机、微型汽车、电冰箱、电饭煲……这真像一条中国制造业的长河，流经千百年，那些原本模糊的历史感、沧桑感和命运感，通过这些老物件准确地体现出来了。

此行，笔者不是单纯来参观的，而是为采访“大国工匠”郑志明而来。在博物馆的二楼，一辆五菱微型汽车安静地停放在展台上。车身贴着“柳州 2009 汽车年产突破 100 万辆”的标语，红底黄字，喜庆，吉祥，令人振奋。车身四周满是参与汽车制造的工人师傅们的签名，字迹龙飞凤舞、个性张扬。

然而，这辆车与郑志明有什么关系呢？

当然有关系。在整个五菱汽车零部件制造的工艺装备中，每一条生产线都有他的发明创造。他所供职的广西汽车集团，也就是原来的柳州五菱汽车集团控股有限公司，是上汽通用五菱汽车公司最大的零部件供应企业。在柳州五菱进入高速发展时期，是以曾是普通钳工的郑志明为代表的一拨产业工人，让整个生产线实现了标准化、自动

柳州工业博物馆

化，为五菱汽车的产量和质量提供了技术支持。

打个浅显的比喻，如果把一辆汽车的零部件比作一个个煎熟的荷包蛋，那么郑志明就是研发自动化煎蛋器的人。不管是哪个厨师、烹饪水平如何，只要用郑志明研发的煎蛋器，就能快速地煎出造型、成色、火候、口感一致的标准的荷包蛋。郑志明所研发的工艺装备，就像一个个庞大的机器人煎蛋器，使得五菱汽车的质量稳定，产量噌噌往上升，创造了微型汽车制造业的一个奇迹。

1977 年出生的郑志明，20 岁那年入职柳州五菱汽车公司，在近 30 年的职业生涯中，经手设计完成自主革新项目 1194 项，交付自动化装备 2291 台套，为广西汽车集团直接创造经济效益超亿元，减少生产一线的操作岗位 320 个，每年节约人工成本 1600 万元。

显然，这组数据还会不断地被拉长。数据是枯燥的，但其背后却有着鲜活而感人的故事，更有让人为之振奋的真金白银。郑志明也因此成为创新创造领域一颗冉冉升起的新星，入选了 2022 年“大国工匠年度人物”，成为广西首位大国工匠。

如果说科学家的意义在于他在某一领域有独创的理论或发现的话，那么一名技师，一名特级技能大师，则是要将一堆理论和设计付诸现实，因此，特级技能大师对于工业制造领域，对于一家企业来说，更具有非凡的现实意义。

广西汽车集团，这家“百年老店”在时代的更迭中历经多次更名，遭遇重重磨难仍生生不息，全有赖于一拨拨忠直勤勉的高级工程师、技能大师，以及一代又一代默默无闻的产业工人。他们在真理、科技、智造、创新的长河中千锤百炼，为制造业的发展贡献出金子般的思想和智

广西生产的第一辆木炭车

慧。他们自己则历经制造业更新换代，市场经济浪潮的淘洗和颠簸，呈现在人们眼前的是区别于漫漫狂沙，已成为一个时代、一个企业最珍贵的一粒粒金子。

从柳江吹来的风，吹拂着柳州的大中小企业，也吹老了一代又一代的工人师傅。在柳州工业博物馆，从一楼至

停放在柳州工业博物馆展台上的五菱汽车

二楼的通道两侧墙壁上，用图片和文字展示了从 20 世纪 50 年代以来，柳州工业制造领域的领军人物。他们当中，有企业高级管理者，也有一线的产业工人。他们曾获得全国劳动模范、全国技术能手、全国技能拔尖人才等众多荣誉。他们当中，有的早已作古，有的继续发挥余热，有的仍在工业智造领域继续挥洒着激情和才干。他们对企业文化的强烈认同感，缔造出企业的内生性精神力量，这种精神力量是使企业立于不败之地的核心竞争力。生在新中国、长在春风里的郑志明加入了他们的阵列，在前辈打下的江山里，深钻细探，幸运地迎来了国家对工匠的重视和培养、对工匠精神的弘扬。他的努力，他的发明创造的事迹，也因此被更多的人看到和传颂。

所以，当接到采写郑志明传记的任务时，笔者一次次来到柳州工业博物馆，探究一路走来的工业制造历程。与其说是参观，不如说是朝拜。

郑志明生于斯，长于斯，一个普通技校毕业的中专生，出身工人家庭的“工二代”，在厚重的工业文明熏陶下，他始终像一个努力的奔跑者，跑到了同行的前面。努力，是生存的方式，是做好一件事的依傍，是成功必备的一个基本条件。郑志明能成长为一名大国工匠，除印证了“有志者事竟成”外，还应验了那句“时势造英雄”的老话。

在后面的采访中，郑志明告诉笔者，他也常来工业博物馆，有时独自来，有时带孩子来。当手头正在设计的工艺装备架构图思路卡顿时，当遇到烦心事时，他都会骑上那辆心爱的山地车来到这里，看看当年的木炭车，嗅嗅这里的气息，脑子就会变得异常清醒。工博，还真有一种气场，时不时地敲打着你，让你不敢有停下来打打盹儿的懈怠心思。孩子闹情绪不开心时，他也会带他们来这里，爬爬当年的火车头，到列车书吧坐一坐，摸摸当年的蒸汽机，再吃上一些小零嘴儿什么的，便可雨过天晴了，然后一家子再欢天喜地地回家去。

我走出工业博物馆，眼前是起伏的群厦，比起海浪和群山，这里是另一种美。工业时代的建筑雄伟、刚健，充满坚硬和整洁的力量。柳州，一直以来都是以实业见长的城市，其后劲和活力的来源，正是众多像郑志明一样的产业工人。庞大的底座根系，源源不断地输送着经济能量和永不枯竭的活力，因此柳州才有了工业重镇的光环。

这里的风景，这里的故事，它们汇聚成一条滔滔奔腾的江河，千千万万个郑志明在这条江河里深潜，激起一朵朵浪花，推动着中国智造阔步向前。郑志明也由一开始小打小闹地维修设备、修改设备，到设计创造出庞大复杂的机器人工作站，再到可以甩掉国外“卡脖子”的大手，终于成长为自动化装备领域的高级专家。到底是怎样的机缘，让他与汽车工艺装备结下如此深厚的感情呢？

我们还得从头说起。

第二章 厂长慧眼识珠

1997 年 7 月，郑志明从柳州微型汽车厂中等职业技术学校钳工班毕业。恰逢柳州五菱公司下属的车桥厂招工，在老师的推荐下，他到车桥厂应聘。

这一天，酷暑难耐，招聘会在柳州五菱车桥厂实训车间举行。宽大的屋子里，天花板上的吊扇开足马力转动，试图送出凉风，却无论如何也无法驱散那闷热的空气。老中青三代面试官坐在会议桌边，表情严肃，像一个个淘金者，想要挑选出能让自己眼前一亮的“金子”。终于轮到郑志明入场了。

“这个小子我认识，不就是上次在市里组织的钳工技能大赛中获得第一名的郑志明吗？不用面试了，我知道他的能耐，直接上岗！”

说话的人是坐在中间的主考官，车桥厂厂长陈建基。这是一名40多岁的技术型领导，在行业内素有“多面手”的美名。其他面试官听到主考官这样说，便认真打量起眼前这个稚气未脱的柳州仔：还真与其他应聘者不同，理着板寸，穿着白衬衣，长睫毛下面有一双像沉在水潭之下的黑宝石一样的眸子。

真是机灵！——这是郑志明留给在场面试官的第一印象。

陈建基厂长提到的这场技能大赛，是郑志明在1996年12月，也就是毕业前参加的全市职业学校操作技能竞赛。在比赛中，他获得钳工类第一名，毫无争议的第一名。作为评委，陈建基目睹了郑志明在比赛中的表现——锯削、锉削、钻孔、錾削、扩孔、铰孔、攻螺纹、套螺纹、矫正、弯曲、铆接、刮削与研磨、刮刀刃磨，还有简单的热处理，技术娴熟得就像一个老师傅。

当然，陈建基没有看到的是，赛前一个月，郑志明为了参加比赛，跑遍了整个柳州的五金市场，寻找比赛需要的工具——游标卡尺、双头开口扳手、锉刀、锯弓、手锤、台虎钳和卡规。拿到比赛资料后，他第一时间找到班主任彭夏洁，向她请教有关比赛的技术知识。他整日整夜地泡在学校的实训室里，在实习车间的钳台上反复练习。班主任见他这么认真和执着，担心他太耗费精力和体力，便心疼地劝说他，一次比赛不会决定人一辈子的发展。郑志明却像一个痴迷的孩子，认真地对班主任说：“我不想错过每一个机会。”郑志明硬是凭着自己的执着和认真，凭着扎实的钳工技艺，毫无悬念地夺得了技能大赛钳工工种第一名。作为评委的陈建基对郑志明印象很深刻。他实在太喜欢这个小青年了。他的车桥厂急需这样的人才啊！

现在，陈建基看到郑志明出现在面试现场，不由得动了惜才之心。他“大手一挥”，便将郑志明引到了与汽车结缘的一条崎岖而又宽阔的人生道路上，从而成就了一名“大国工匠”。

郑志明没想到，自己初出茅庐，就能得到厂长这样的“大人物”的垂青，不由得心头一热。他更没想到的是，毕业前的那场比赛中，自己所付出的努力、所遇到的人和事，会对未来的职业生涯产生深远的影响。

春风沉醉，岁月不居。20 多年过去，岁月的车轮滚滚向前，越来越多的人享受到了汽车带来的便利，却很少有人会关注汽车背后的人。

彼时，小汽车已开始走进中国老百姓的家庭。随着市场经济不断发展，汽车工业迎来一个快速发展的时代。柳州五菱生产线一条又一条地增加，产能迅速提高了，工程量和工程难度不是增长了10倍，而是增长了百倍都不止。产业工人和技术员甩开膀子苦干加巧干，换来了数据节节攀升。生产微型汽车主要零部件的车桥厂，更是24小时三

1996年，郑志明获得的荣誉激发他走上了机械制造之路

班倒，开足马力生产。作为厂长的陈建基日夜督战，鼓励大家，却还是没能按质按量将车桥交付给总装部，他能不着急吗？

人才难得啊！那天全市职业学校操作技能竞赛的情景，陈建基还历历在目，像郑志明这样钳工技艺熟稔的技校生，正像蓄力待发的勇士啊，如果放到车桥厂好好培养，三五年时间就能够独当一面了。这是陈建基当时的真实想法。

“什么？陈厂长免试让你进柳州五菱的车桥厂？”

郑志明郑重其事地告诉家人这一消息时，全家人都很惊讶。

“他怎么会看上你的？你是不是在他面前吹牛了？”

“有没有说工资多少？”

“哇，能去柳州五菱上班啊，太好了！弟弟，厂里会给你发一辆五菱车开吗？”

短暂的惊讶之后，父亲、母亲和哥哥分别从不同的角度提出了问题。郑志明满脸的得意，耐心地一个一个回答：“我没有吹牛，我在去年的全市职业学校操作技能竞赛中获得了钳工类第一名，这点本事，没晓得怎么就让陈厂长看中了。”“进厂先见习半年，见习期满成为正式员工后，工资会多一些。”“至于五菱车嘛，等我学会开车了，挣到工资后自己买一辆。”

父亲郑桂福高兴地说：“瞧瞧，咱们一家四口人，都是光荣的产业工人，小到一根棉线、一双袜子，大到一台发动机、一辆汽车，我们都能制造出来，哈哈……”全家人跟着笑了起来。

这一幕，发生在柳州市第二棉纺厂职工宿舍。白炽灯的灯光下，郑桂福一家四口正围桌吃晚饭，桌上摆有三菜一汤。这是一家人最快乐的时光。

郑志明属于典型的工厂子弟。他从小生活在棉纺厂宿舍大院。这是一个小社会，里面有形形色色的人。工厂有工厂的文化，它既不同于机关大院，也不同于农村；既像一个现代化社区，又带有很强的传统。工厂里有师徒关系，这和领导与下属之间的关系是不一样的。郑桂福和妻子练伟萍在各自的工厂里都做过徒弟，也当过师父。曾经的徒弟和师父，至今还像亲戚一样走动。

大儿子郑志强一年前已入职发动机厂，如今小儿子又进了柳州五菱，郑桂福顿时觉得卸下了人生重担，轻松起来。高兴之余，他忍不住又将酒杯满上。酒过三巡，点上一支烟，他不忘对两个儿子敲打敲打：在厂里，要跟师父好好学习，勤学肯钻，机械工艺要懂，手艺要精。在老一辈的工人们看来，踏踏实实工作是做工人最重要的品质。

“只要在厂里本本分分做，勤于钻研技术，我们郑家这艘大船就会朝安居乐业驶去。”郑桂福仰脖喝干杯中的酒总结道。随后，他吸了一口手里夹着的烟，享受地张大嘴，慢慢将烟圈吐出来。

郑桂福这种笃定的想法，来源于当时柳州五菱红红火火的生产局面。同在一座城市，同是在国有企业谋生活的产业工人，他当然知道，柳州五菱意味着什么。

五菱汽车走的一直是低成本、低投入、高产出的微型汽车制造之路。它造的是深受老百姓喜爱的车，被老百姓亲切地称为“高顶篷”“面包车”，是老百姓创业致富的好帮手。20 世纪 90 年代，五菱微型汽车品牌在国内几乎家喻户晓。五菱汽车的产量和产值年年攀升，眼下在广西所有国企中，甚至在全国同类企业中，都是佼佼者。1997 年，柳州五菱晋升为国家大型一档企业，产销量 10 多万辆，所生产的微型汽车连续三年在全国微型汽车排行榜中排名第一。车间里机声隆隆，新下线的五菱汽车源源不断地流向销售单位。该厂不断向汽车行业的高峰迈进，创造了微型汽车行业产销两旺的奇迹。

由此水涨船高的是工人们的薪资。工人们逛街买个菜都愿意穿着有柳州五菱厂徽的工作服，都因为自己身为五菱人而感到脸上有光。尤其是在20世纪90年代的一次特大洪灾中，柳州五菱慷慨地捐出100万元现金和价值100万元的微型货车。这一义举彰显着企业的实力和社会担当，被人们津津乐道。这些事情，郑桂福夫妇都十分清楚。当听到技校毕业的小儿子这么顺利就能进柳州五菱当工人，他们不免感慨了一番。

20世纪五六十年代，国家投入大量财力、物力、人力，在柳州建造了众多门类齐全的工厂，使柳州迅速成为中国南方重要的工业基地。20世纪七八十年代，柳州工业走向辉煌。在改革开放之初，国有企业是社会地位和收入较高的单位，国企工人是最让人羡慕的职业之一。只是各家企业内部的情况又不尽相同。到了20世纪90年代末，市场情况发生变化，柳州众多工厂或因环保问题，或因产品滞销，资不抵债，纷纷关门倒闭，尤其是国营纺织企业。这是经济市场化浪潮中的一个缩影。

郑桂福所在的棉纺厂，前身是上海恒业帆布厂。20世纪60年代，该厂从上海迁至柳州，经过20多年发展，成为全国知名的大型纺织综合企业。此时的棉纺厂虽还没有轰然倒下，但也是摇摇欲坠了。郑桂福的妻子练伟萍所供职的袜厂，也是20世纪60年代从上海迁到柳州的。它曾是广西最大的袜厂，甚至曾经是全国最大的袜厂。鼎盛时期，全厂拥有织袜机600多台。20世纪80年代，其袜子年产量和产值在同行中遥遥领先，生产的尼龙男袜、女袜、童袜畅销全国。就这样一家大型企业，也说倒就倒了。未满50岁却不得不办了内退的练伟萍为了贴补家用，在二棉菜市场支了个摊儿卖螺蛳煲和螺蛳粉。郑桂福所在的棉纺厂，勉强撑到21世纪初，但还是逃不掉关门的厄运，也跟着倒闭了。

好在他们夫妇俩办的是内退手续，不属于下岗，但每月也是入不敷出。两个儿子，一个上小学，一个上初中。夫妇俩整天为生计奔忙，自然无暇管教儿子的学业。郑志明又贪玩，学习并不上心，打小喜欢鼓捣手工。他每天放学后到小摊儿打下手，帮母亲剪螺蛳屁股。螺蛳剪完了，他就到废品厂淘来马达，加些泡沫做电动小船，切、割、打孔，做得像模像样。他还去柳江边砍竹子回来，剖呀，削呀，刮呀，一只栩栩如生的竹孔雀很快就摆在家里显眼的位置上。有时他拆下报废的自行车链条，弯几根铁丝，再用胶皮、铆钉固定，组装成火柴枪。他扣动扳机，

郑志明（第五排左一）职高毕业照

啪，打出一串火光。小伙伴们都很羡慕，那种满足感不亚于今天的孩子拥有遥控飞机。母亲每每帮郑志明拾掇沾满铁星、浆汁的衣服，或者见到他被铁钉划破的手臂，都要抱怨说，郑志明似乎不是一个孩子，而是一台机器。

有一次，郑桂福在儿子的作业本上发现了一个秘密。原来，郑志明在自己的名字后面写上了“师傅”二字。郑桂福拿起来看了看，笑了起来，又翻到另一个作业本，发现儿子的名字后加上了“工程师”三个字。显然，这是他在家里耳濡目染的结果。在懵懂的年岁里，成长环境的影响一定渗透进了郑志明的血液和意识里。比如，他认定自己总有一天会成为一名师傅，成为一名工程师。郑桂福对儿子的表现和爱好很是赞赏，不断加以鼓励，有时还手把手地教他做一些手工，一心希望他学会一身本事，将来可以养家糊口。

似乎应验了那句老话：上帝为你关上一扇门，也会为你打开一扇窗。1994 年，初中毕业的郑志明感觉升高中考大学无望，便给自己做了一回主，报读了离家较近的柳州微型汽车厂中等职业技术学校。他的想法很实在：上不了高中，自己又喜欢手工，读个技校学门手艺，总能混碗饭吃。在选填专业时，郑志明则随意填报了机械制造类的钳工专业。

以前是学了车、钳、刨，走遍天下都不怕，如今世道慢慢在变，尤其是看到一些工厂纷纷倒闭，周围一些熟悉的人都在想方设法让他们的孩子考高中上大学，哪怕当个小学老师，说不定还可以改行进党政机关呢。现在，儿子执意要学机械制造，今后有没有用武之地呢？郑桂福犹豫了。夫妇俩都是普通工人，都十分清楚其中的利弊，但儿子既然选择了，他们就只有支持的份儿，走一步算一步了。郑桂福夫妇俩没料到的是，在这样一所对动手能力要求极高的技工学校，儿子竟然如鱼得水，老师在课堂上教的机械原理、机械制图等知识，他一学就会，而且学得兴致勃勃。

两年的理论课学习很快就结束了，第三年要进厂实习了。郑志明在工作台上量具、画线、加工、装配、连接与传动、装配与调试等，他的手如有神助，表现出少有的天赋。他动手能力强，带着隐秘的匠心与谋生的希冀，摇身一变成了学校里的“学霸”。

郑桂福夫妇看到这些，紧皱的眉头渐渐舒展开了，不求儿子今后能当官或发财，只要他掌握一门手艺，哪怕今后自己开店修汽车，也总会有饭吃。如今，他们夫妇俩总算如愿了，儿子进了那么好的工厂，有了正式工作，也算安了身，立了命。

第二章 工业沃土，孕育能工巧匠

回头看郑志明今天在发明创造领域所取得的成就，放在20年前，就算郑桂福、练伟萍这对工人夫妇放开了想象，他们也无法想象得到儿子小时候喜欢动手鼓捣小玩意儿的特长，竟然成为一粒拥有巨大能量的种子，在柳州五菱这片土地上遇到了合适的温度和湿度，迅速破土而出，冒出芽尖，长出根须和枝叶，渐渐成长为一棵参天大树。

但必须得承认，这棵参天大树，在还是幼苗时，阳光、雨露、肥料是多么重要。而在柳州这块工业沃土上，蓬勃发展的汽车工业，势如破竹的工匠精神，艰苦创业、自强不息的五菱精神成了足够的养分，浇灌着这棵幼苗拔节生长。

郑志明入职柳州五菱后，日子一如既往地朝前飞奔。他偶尔也会停下来，将指针往前拨去，将目光回到五菱发轫之时，甚至回溯到新中国的工业史。这样无意识的回望，为后来改造从国外引进的洋设备埋下了伏笔。

新中国成立后，社会发展进入稳定局面。中国和苏联合作，开始实施著名的“156 项工程”。这些重点工程中，有生产汽车和拖拉机的，有炼铁、炼钢的，还有制造飞机的。这些工业项目以重工业为主，让新中国工业从无到有。

“156 项工程”当年没能直接覆盖地处华南的柳州，但所引进的世界先进技术在中国其他地方得到发展，中国人有了自己的科技工业。几年后，北京、上海、天津的一大批工程师、高级技师和产业工人，在组织的号召下纷纷南下，支援柳州工业建设。各方力量汇集起来，形成了一条滔滔的工业技术长河。柳州 800 多家国有企业迅速成长，如日中天，风生水起。800 多个“柳州制造”品牌的产品，如蒲公英般被吹撒到全国各地。

站在1979年的门槛上，中国改革开放没有多久，引进外资激活企业工作的进展非常缓慢。柳州拖拉机厂，这家名不见经传的地方制造企业，更不可能迎来外资激活这池快死的水。一棵树在冬天里落了叶，不管怎样，第二年开春它还会长出新的枝叶。一家企业的发展却不尽然。不得不承认，这些利润微薄的产业，在高消耗、低产出的粗放型经济增长方式下，受到了资源和环境的制约，可持续发

2003年，郑志明在车间

展面临着严重挑战。到了 20 世纪 80 年代末 90 年代初，在改革开放的春风和市场经济大潮中，柳州本土一批应该发展壮大、市场前景被人们看好的产业却轰然倒下。

从生产条件看，微型汽车与拖拉机生产的工艺特点、技术要求等方面有很多相似性，生产拖拉机的厂房、机床、工艺装备等各种设施经过改造后，可以生产微型汽车。拖拉机厂转产微型汽车，天时、地利已然具备。工厂领导得到消息后眼前一亮，紧急研究后，立马从香港买回一辆日产微型汽车，决定自行进行技术攻关，并下决心赶在其他厂家前面造出真正的样车。工厂领导还专程去了上海，请来了具有丰富的制造汽车经验的马新楼师傅任总工程师。马新楼带领着柳州拖拉机厂的工人，在叮叮当当的敲打声中开启了广西的汽车梦想之旅。

试制就这样开始了。厂里充满着一种让人兴奋的、一环紧扣一环的节奏，再也看不见聊天的、溜达的、躲在工具箱后面睡觉的工人了。工人们都有一种热血沸腾的激情，而且这种激情一直燃烧了几十年。为了赶时间、抢速度，工厂试制小组在总工程师马新楼的带领下，夜以继日地研究攻关。他们把这辆微型汽车的所有零部件拆卸并一一清点后，发现有 2500 多种、5500 多件。工人们就这样一件件手工测量、绘图，把零部件一一仿制出来。

厂里没有制作汽车钣金件的模具。当时，工人们悄悄地试制微型汽车，也不方便外购汽车零部件模具，怎么办？这当然难不倒柳州拖拉机厂众人。工程师们碰到一起，很快便想出了采用低熔点合金材料来做模具的办法：先用砖砌好模具底座，倒入合金热熔后，放入样车的钣金件，再把合金溶液盖在钣金件上，冷却后，取出钣金件，一副凹模和凸模就成型了。成型的零部件边角有些棱角，工人们便手工加工，如锉削、敲打、抛光等。虽然条件简陋，其中却有可贵的创业精神，有一批熟悉机械制造技术的工人在发挥作用。

时间就在这敲打声中溜走。改革开放之初，柳州拖拉机厂的工人们在这敲打声中跌跌撞撞地试探着。

有人说，中国汽车工业的发展近乎老牛拖破车，停滞在20世纪50年代的时光隧道里。现在回头看，中国的汽车工业在20世纪80年代以前还处于落后的境地。1982年的新年钟声敲响之际，柳州拖拉机厂试制的第一辆LZ110微型汽车总算顺利下线。两年了，这辆载入史册的微型汽车与新年的钟声一起，敲开了在黑暗中摸索的设计师、工程师和产业工人们的心门。

1982 年 1 月 20 日，这一天被记录在工厂大事记中。此后，柳州拖拉机厂开始转产微型汽车。紧接着，他们又成功试制了第一辆 LZ100K 微型厢式车。第一批微型汽车完成了 5 万公里的路试，各项技术指标都达到了设计要求。

这，无疑让柳州拖拉机厂众人欢欣鼓舞。

几经周折，柳州拖拉机厂成为全国第一个生产出微型汽车的地方性企业。局面总算打开了，好事一拨接着一拨来。1985 年 2 月 14 日，柳州拖拉机厂这个曾经创造光荣

2017 年，工作中的郑志明

的名字，正在柳州人的记忆中渐渐远去，取而代之的是另外一个继续创造光荣的名字：柳州微型汽车厂。

毋庸讳言，在那个火热的年代，柳州微型汽车厂由于工业基础薄弱，注定先天发育不足。然而，她却用孱弱的小手，吱呀吱呀地推开了中国微型汽车工业史的大门，因而才有了后面的“五菱之光”“五菱宏光”“五菱宏光 S”“五菱宏光 S3”“五菱荣光”“五菱征程”……

在 1987 年的中国，从事汽车制造业的人都知道，新一轮“汽车热”，更确切地说是“轿车热”，正在中国大地上兴起。全国车企一窝蜂地生产轿车，柳州五菱仍坚持生产微型汽车。这一年，110VH 厢式车下线，厂里正式注册启用了新五菱徽标，并一直沿用至今。柳州五菱，由此演绎了国内微型汽车市场一个又一个传奇。

在这一时期，郑志明入职柳州五菱，成为车桥厂的一名见习工人，被分配到后桥装配工段机修工装车间。

作为一名“工二代”，郑志明非常清楚一家企业的经营状况对一名工人的全部意义。师父常说“大河涨水小河满，大河落水小河干”。当然，理是这个理，实际上却是，大河涨水了，小河满不满是不一定的；大河落水了，首先干涸的肯定是小河。带他的师傅谭林科常把这句颇有哲理的话挂在嘴边。他虽只是个钳工，但长期在生产一线，不管是当年的柳州拖拉机厂、柳州微型汽车厂，还是现在的柳州五菱，创业史中都有他的名字。而那些励志的故事，一传十，十传百。说到这儿，挺过来的工人们总会感慨万千：没有共产党的好政策，没有工厂领导班子的团结一心，没有他们的敏锐嗅觉，结局肯定不会是现在这样。

以前，厂子一遇到危机，他们就担心自己会下岗，好几次亲历艰难的处境，真觉得这道坎儿是过不去的了。但实际上，迈过那一道又一道的坎儿，厂子还是硬生生地挺过来了，而且就像一只飞越无数火山的不死鸟，每飞过一座山，翅膀就变得更硬一些，经验也随之增长。说到这儿，谭林科师傅挥一挥手，指着车间外面几乎看不到边的广场，一辆辆崭新的、准备开出厂的微型汽车，排列得整整齐齐，像列队的新战士穿着刚发的新军装，很有一种排山倒海的气势。

也许是骨子里的热爱使然，一般人觉得冷冰冰的钢铁和机床，在郑志明眼里却是一张张熟悉又亲切的面孔。他觉得自己也能像维管束一样，源源不断地给柳州五菱这棵大树输送养料。

每天上班，一进到车间，置身于机油味中，郑志明的

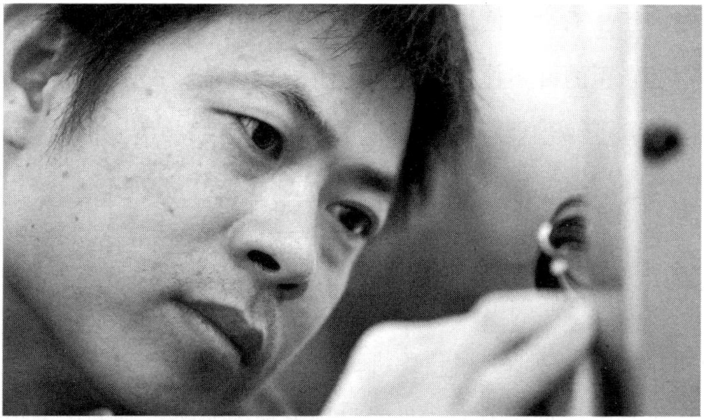

2017 年，郑志明在工作中专心致志

内心就会异常沉静。谭林科师傅给他布置了当天的工作，简单地画个草图，说了几点要注意的事项，自己便去忙了。师父有丰富的经验，知道尺寸该如何把握。平日里，师父讲“人刀合一”的原理，讲夹具的试制，一字一句，像珠子落到盘子里。不过，他只讲一次。小个子的他，有时举起那重重的轴承，以一种貌似不对等的力量，准确地套进齿轮里，像一颗子弹击中目标，轻盈而又精准；又如重器出击，刚猛有加。郑志明突然想到一个词——举重若轻。事实上，师父的动作非常快捷，而套进齿轮的那一瞬间，有稳如泰山的凝重。这个过程，大约在一秒钟里就能完成。

郑志明跟在师父身边打下手，总是对师父的精湛技艺佩服之至，暗想自己什么时候也能像师父一样出色。这一时期，柳州五菱各个工段的车间里，处处洋溢的“艰苦创业、自强不息”的五菱精神，就这样影响着郑志明的职场生涯。

郑桂福没有想到的是，10 多年后，他这个顽皮机灵的小儿子在柳州五菱如鱼得水。从单个自动化工作站做到了全线自动化生产，从早期的模仿设计到后来的自主研制，小到工装夹具、大到机器人工作站，柳州五菱几乎每一个生产环节都有郑志明的发明创造。父亲不知道儿子怎么就具备了这样的能力，但他可以肯定的是，儿子有一颗勇于挑战和乐于探究未知领域的心。

第四章 圆规画圆，不离圆心

1998 年 3 月，郑志明见习期满，考核合格，成为车桥厂的一名正式员工。

这一天，郑志明和其他几个同时入职的年轻工人在师傅的允许下，就地取材，用木头、钢管、角铁这些边角料，各自给自己做了一个工具箱。结果，几个工具箱一溜儿摆在车间的长条凳上，郑志明做的是最精致的。

在车间的安排下，郑志明拜了钳工谭林科为师。厂里虽然没有特地安排拜师仪式，但已经在车间里见习了几个月的郑志明，知道师父传帮带的重要性。班长将郑志明带到谭林科师傅跟前，说：“今后，你就跟着谭师傅学习。”郑志明落落大方地向谭林科师父深深地鞠了一躬，喊了一声：“师父好！”谭林科见状，也赶忙向郑志明弯了腰，回了礼。这一拜，两人便缔结了一辈子的师徒关系。

时年 53 岁的谭林科师父个头矮小，但干起活儿来很有力。他是 1965 年进入柳州动力机械厂的。1968 年，动力机械厂改为拖拉机厂，后来，拖拉机厂生产汽车，他又被安排到了微型汽车厂。无论厂名如何变更，谭林科都是干着钳工本行，勤勤恳恳地在车间里与钢铁打交道，把每一条生产线的脾性都摸得清清楚楚，钻研维修机械原理，熬成了受人尊重的八级钳工。

那个年代的钳工，离不开直尺和圆规。他们每天都要画线、画圆和打孔。线条要绝对准，圆要足够圆，孔才能不偏不倚地对位，这样生产出的零部件才是精良的。厂里给每个工人发了一个从市面上买回的圆规。谭林科把圆规拿在手里，感觉它既笨重又不耐用，好几次，用它画的圆、打的孔都有那么一点点偏移，好端端的一块钢材就这样废掉了。谭林科既心疼被浪费掉的钢材，又心疼花费的时间。于是，他决定自己做一些工具。他找来一些边角料，在工余时间零敲碎打，锉削、打磨，制作了一把精巧的圆规，笔尖用硬质合金打制，能在坚硬的钢板上流畅地画线。这把圆规用起来非常顺手，画出的线条平滑，打出的孔圆润、精度高，简直就是一个工艺品。这样的圆规他一共做了三个，一个放在车间，一个放在家里，一个随身携带。任何时候需要圆规，他都能拿出来使用。时间久

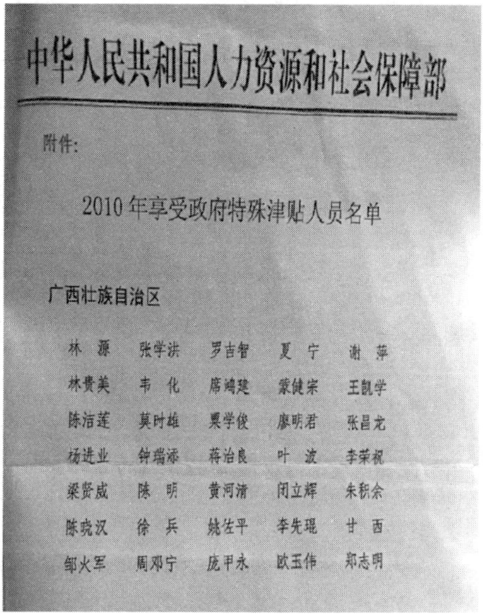
中华人民共和国人力资源和社会保障部

附件：

2010年享受政府特殊津贴人员名单

广西壮族自治区

林　源	张学洪	罗吉智	夏　宁	谢　萍
林贵美	韦　化	席鸿建	蒙健宗	王凯学
陈治莲	莫叶雄	栗学俊	廖明君	张昌龙
杨进业	钟瑞添	蒋治良	叶　波	李荣祝
梁贤威	陈　明	黄河清	闭立辉	朱积余
陈晓汉	徐　兵	姚佐平	李先琨	甘　西
邹火军	周邓宁	庞甲永	欧玉伟	郑志明

2010年，郑志明入选享受政府特殊津贴人员名单

了，这三个圆规俨然成了他的好朋友。把圆规拿在手上，他慢慢地也悟出了心得：圆规画圆，不离圆心；钳工这行，不忘初心。这句话像钉子一样钉在郑志明的脑海里。不知是印象太深刻的缘故，还是意念的自然联想，这句话后来也成了郑志明的“口头禅”。

谭林科师傅后来之所以能使车、铣、刨、磨、钻、镗达到极高的加工精度，并使三面钻、三面镗、半轴多钻等多项工艺达到炉火纯青的程度，让工友们佩服，既得益于圆规本身，更得益于他扎实地践行着圆规所蕴含的意义。随着机加工的产品不断更新换代，车间里的很多设备，都是他和工友们共同研究后改造成功的。他是厂里少有的八级钳工，很受人尊敬。遇到棘手的问题时，车间主任都会火急火燎地跑来请他去帮忙：“谭师傅，这个难题，非得让您这个老师傅出手才搞得定啊！”

“不敢当，不敢当，我一介老朽，已是快退休的人了……”谭林科总是边说边背起工具包疾步向现场奔去。

谭林科师傅总是这么谦和，脚踏实地，即便有一手绝活儿，也从不显摆和自吹自擂，这让郑志明发自内心地敬佩。他觉得自己是个幸运儿，跟着这么一位厉害的师父，一定要好好学。师父的厉害，还体现在他拿着高薪。谭林科告诉郑志明，改革开放初期，他一个月领的工资是 99 元，当时在全厂排第二。工资最高的，是谭林科的师父、郑志明的师爷、高级技师谢宏幸，每月工资是 101 元。在当时，这样的收入让工人师傅很有尊严。人们衡量收入是高还是低，喜欢用猪肉价格来比照。那时，一等猪肉的价格是每斤 0.9 元，最贵的也就是 1.2 元。

“书上不是写着吗？工人阶级是国家的主人。现在是新社会，我们工人成了国家的主人，我们也要把企业当成自己的家。是不是？”说到这儿，谭林科师傅将他不高的身子挺一挺。

“当钳工不难，能将研磨、锉削、画线、钻削这些机加工技术集于一身、融会贯通，才是大本事。”师父如是说。一日为师，终身为父。他要对徒弟负责，不能让他走偏了。所以，他时不时要敲打敲打郑志明。

其实，郑桂福夫妇看不到的地方还有很多。比如，儿子在钳台前的绝活儿：手工锉削平面，用锉刀来回研磨几下就消除了零部件存在的微米级误差。在整个锉削过程中，他仅凭眼看、耳听和手感，就能使零部件的尺寸误差控制在 0.002 毫米以内，相当于一根头发丝直径的 1/40；手工画线钻孔，能把孔的位置精度误差控制在 0.05 毫米以内，相当于一根头发丝直径的1/16。这项技术达到了国内同工种的最高水平。

如此一来，误差每减少0.001毫米，就有可能多出一个技术指标，而这0.001毫米，就有可能成为一道难以攻克的技术难题。郑志明夜以继日，心摹手追。苦练三年后，这样的难题，终于被他给攻克下来了。

这是在赞美锉削件吗？没有钳工的手感，它不就是一块冰冷的钢坯吗？它只有被一双有灵性的手摆弄，才具有

2022年，郑志明荣获“大国工匠”称号后去看望师父谭林科

郑志明向作者展示师父谭林科当年送给他的圆规

机床零部件意义上的精度。

回过头来讲，锉削件对一双巧手的成全与回报，有人想到过吗？锉削件不会说话，但它以自己的存在，让一个庞大、复杂的机床运转顺畅，从而生产出精良的汽车零部件。它是在用这样的方式，对钳工默默致谢。钳工对锉削件的作用，靠的是手感与功力。年轻的郑志明在师父的指点下，通过苦练达到了“人刀合一”的境界，这是他向师父的致谢和对岁月的致敬。

生活中的郑志明，是一个纯纯的理工男，显然没有这么文艺。每次工友们赞叹他的钳工、锉配功夫厉害时，他总是谦卑地笑一下，说道："也没什么……惟手熟尔。"这是《卖油翁》里面的典故了。卖油翁用一个铜钱盖着油壶，通过铜钱中间的孔向油壶里倒油。油自钱孔入，而钱却没有湿。众人称赞他技艺高超，他说："我亦无他，惟手熟尔。"

郑志明的话说得谦虚，但事实上，师父平日里跟他讲的那些机械理论，他专心听着，用心记着，像挖掘宝藏一样，一寸一寸地深入进去。师父每讲完一个环节，他听后便反复琢磨，并动手练习。这也是他多年后，在大学里给莘莘学子常讲的"肌肉记忆"。他明白，师父退休后，往后的这台戏，自己有机会和责任来担任主角继续唱下去。他被柳州五菱汽车制造的光辉历史，以及机械制造内里蕴含的巨大乾坤深深吸引。

随风潜入夜，润物细无声。跟在师父的身后，在机械技艺与零部件的生产流程中，郑志明很快领悟到了钳工技艺的全部精髓。他青春蓬勃的心被滋养着、浸润着。在飘散着机油味的车间里，他领略到了钳工技艺的奥秘和魅力。懂得越多，他就越清醒地意识到，要成为一名优秀的产业工人，要成为像师父一样优秀的特级技师、八级钳工，不仅要有出色的技艺，还要有端正的品行。这也是师父常挂在嘴边的“吹糠见米，刀下见菜”的硬功夫和软实力。与机械打交道的时间越长，他对这句话就越有心得。

是的，不是所有工人最后都能从技工升级成为技师，再到大国工匠的，只有极少数人能站在塔尖上。

2018 年，郑志明（左）和徒弟一起攻克技术难题

艰难吗？这是一场苦旅吗？

事实上，所有的练习，都是为了让肌肉有记忆。越是精密度高的零部件，越需要依靠手工干预，这样才能实现对精度的超高要求。练习多了，身体就会有一种感觉，就会有一种肌肉记忆，慢慢地就可以随心所欲，想达到什么样的精度就能达到什么样的精度。正所谓“艺痴者技必良”。郑志明就是这样的痴迷者。

第五章 设备可以试制，人生却不能

当时间大踏步迈进 21 世纪，郑志明从一名青涩的小钳工，摇身变成了已有三年工龄的技术骨干。他每天跟在师父身边，行走在车间的设备丛林中，一旦生产线上出现故障，生产受阻，他和师傅们便随时跑步进场抢修。就这样日积月累，他也从刚进厂时的懵懂无知到渐渐熟练，再到触类旁通。他似乎有一种魔力，能将机床上的零部件变成一个个精灵，还能将这些精灵变成五菱汽车生产所需的“专机”。

这种变化的过程，想必是极其枯燥又极其艰辛的。如果没有深入骨髓的热爱，对一般人而言，冷冰冰的零部件，怎么能变成精灵呢？一个个技术难关攻克下来，一台台“专机”研制成功，已成为大国工匠的郑志明在接受笔者的采访时，说了句很浪漫的话：“其实，我们是在享受研发制造的这个过程，我觉得冰冷的机械对于我，全是温情脉脉的。”

郑志明的主攻方向是钳工，但他的工作内容外延很大，大到一台汽车生产的每一个环节都有他的发明创造。勤奋肯钻研的他，不但对主业精通，而且对汽车构造原理、机械工艺、生产流程设计、装配调试等知识也都了然于胸。很快，他就成为一名可以独当一面的技术能手。在他的眼里，汽车已经不仅仅是汽车了，机床也不仅仅是机床了。一堆由一个个精灵组合起来的钢铁，使生产线旁的工人们心情欢畅。

笔者问：“你还记得第一次参与试制的情形不？”

他说：“怎么会不记得？那是柳州五菱给车桥厂下达生产任务：在一周内试制出一批‘都市清风’系列微型汽车的制动支架，以配合该系列新车到北京做试车试验。”

由于是刚试制的新产品，厂里没有冲压用的模具，也没有任何专用的工艺装备，甚至没有样板，有的只是一张“都市清风”系列微型汽车的制动支架图纸。当任务摆在面前时，车桥厂工人们发出一阵抱怨声。许多老师傅都摇头，认为这是不可能完成得了的事。的确，机械试制是有一定的技术难度的。

“要完成任务，除非太阳从西边出来。”所有人都这么认为。大家看着图纸，开动脑筋，纷纷往自己熟悉的零部

2015年，郑志明（中）和他的徒弟谢评周（右）在探讨研发智能化装备

件上去联想。微型汽车车架制动夹具的零部件，没有上千种，也有好几百种，光是重量就有好几百公斤。单凭这一张图纸，就要想象并制造出空间结构复杂、轿梁弯曲的车辆制动支架总拼焊接夹具，班组里每一个工人都觉得难于上青天。最要紧的是，给的时间还那么短。在没有适合的精密量具和样板的情况下，仅有一张图纸是远远不够的。

这天上午，厂里组织召开了一个试制协调会。印象中，那是郑志明第一次参与试制协调会。当然，说“参与”实在是高抬他了，他的身份只是一个小钳工而已，来布置任务的总工程师甚至没有正眼看过他一次。

但这并不影响郑志明在这件事上的思考。对他来说，连老师傅们都觉得有难度的试制，一定更具有挑战性。

郑志明坐在谭林科师傅身边，小声问：“师父，这个夹具试制真的很难吗？”

谭林科当时是钳工班班长，还有一年多就可以退休了，加上近期身体出现一些小毛病，深感精力和体力大不如从前，少有的倦怠环绕着他。看到仅有一张图纸，同班组的工友们又都连连叹气，要完成任务，难度系数不是一般的高；但看到郑志明有种跃跃欲试的劲头，谭林科又不忍心打击他，于是换了一个语气，说：“你想试试也不是不可以。”

郑志明见师父虽说得勉强，但至少表面上是支持他的，骨子里的那种爱挑战、不服输的性格让他鬼使神差般地说出一句：“那我想试一试！”

他有信心试制成功吗？不是有没有的问题，而是必须有！朋友那一句不经意的“五菱五菱，走走停停”严重地刺痛了他的心。他要从这一刻开始，不放过每一个机会，对生产零部件的工艺装备进行深入细致的研究，并进行相应的改善。现在机会来到了眼前，他若躲开，或许今后真的就没有他什么事了。

以往，遇到类似的试制工作，工人们领到任务后，便开始不停地设计，再设计；推翻之前的设计，又重新进行设计……但设计好以后，还得试验，试验必然只有一种结果：成功或失败。

失败了等于白辛苦，但成功了也未必就能通过。所以，有时候老工人们的工作是一场没有结果也无法结束的战斗。

参与过无数个机械试制项目的老工人们有时也实在没辙，厂里的任务下达了，硬着头皮也要接下。谁让咱是柳州五菱的一分子呢！但是这一次有了年轻的郑志明在前面挑头，他们比之前任何一次领任务都轻松多了，至于结束任务嘛，似乎跟他们的关系不是挺大了。

他们原先只知道郑志明有一定的钳工技艺，没想到，这个执着、认真的小钳工还有一种内秀。他这一副老成稳重的神色，与工厂里那些三四十岁的中层干部相比，也毫不逊色。更重要的是，他对机械图纸的领悟能力，远远优于那些在机械制造业摸爬滚打了几十年的老师傅。

但凡从事机械试制的工人都知道，技艺上的高低，体现在对图纸的领悟能力上。涉及尺寸、位置和形状的精细活儿，不仅需要钳工对整个机械构件的空间结构、尺寸、位置、形状了然于胸，还要精准计算，画出机械构件的具体位置、尺寸和方向。钳工之间水平高低的比试，往往是无声的。这一行就是这样，别人只需比你高明一点点，就能把你比下去。有时候，输赢就在画线、打孔、锉削上，你得把这些做到刚刚好，才能把完美的手感传递到工件上。这需要很强的空间想象能力，考验着钳工、车工、铣工的素质。如果悟性不够，即便做一辈子的钳工、车工、铣工，也成不了技师，更不可能成为特级技师。

设计制造一台机床，调试它的精度，并将其纳入顶级精度的序列，生产出精密的汽车零部件，何尝不是一个优秀技师内心的神圣理想？你在整个工人生涯中可以从不将这一理想说出口，但是，你内心必须时时刻刻惦记着它。

有些人，可能天性使然，一旦钻进某个世界里去，就越来越会钻，并钻出名堂来。鲁迅先生说过：“第一次吃螃蟹的人是很可佩服的，不是勇士谁敢去吃它呢？”郑志明眼前的情形便是如此。年长的、工作多年且很有经验的老工人起初都认为，郑志明要试制这样一个“都市清风”系列微型汽车的制动支架，简直是天方夜谭，是无法完成的。厂里没有人干过，书上也没有教过，你郑志明为什么非要去碰呢？敢接下这个任务的，要么是真正的智者，要么就是个愣头青。在这些老工人的心里，郑志明属于后者的可能性更大一些。

郑志明何其聪明。从老工人们不易觉察到的表情中，他能准确地捕捉到一些信息，从而更坚定了自己一定要试制出来的信心。多年后，他获得中华技能大奖，被评为全国技术能手时，在国务院新闻办公室举行的中外记者见面会上，他准确地给自己定义——我的特质就是不服输。

此时，他像个老师傅一样，说：“我们先来研究一下图纸。”

班组里另一位班长罗师傅便将图纸递到郑志明面前，

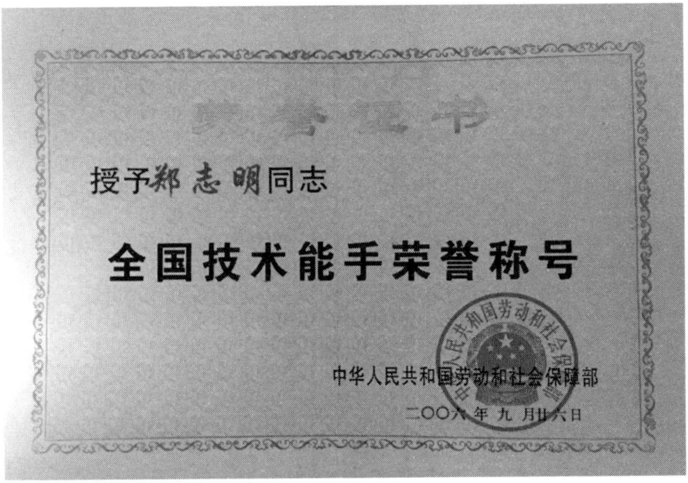

2006 年，郑志明获得全国技术能手荣誉称号

说：“你要试一试，那就由你来牵头啰。”言辞中有激将的成分，也有“看你郑志明有多大的能耐，到底有几把刷子，能搞出什么名堂来”的意思。

郑志明似乎没有注意到大家投向他的异样目光，而是平静地接过图纸并默默地摊开，用镇纸压在绘图桌上，与工人师傅们先从理解图纸着手，随即用铅笔在图纸上做了一些标识，脑海里计算着板材的下料量。

时年 24 岁的郑志明，年轻，有想法，有干劲，但在摊开图纸的那一瞬间，他心里还是情不自禁地咯噔了一下：自己真的准备好了吗？能冲上这复杂而汹涌的试制潮头吗？但他似乎又没有退路了。当他将目光转向谭林科师傅的时候，看到的是同样的迷茫。既然已当着这么多老工人的面领了任务，他只好硬着头皮想办法完成它。他表面上不动声色，内心却暗暗地较上了劲。从那一刻起，在郑志明的人生字典里，产业工人的法宝只有两个字——“干”和“赶”。

他从自己的工具箱里取出笔记本和笔，翻到一张空白

工作中的郑志明

页，根据自己对图纸的理解，用笔画起夹具零部件草图，给老师傅们来个看图说话。他边画边说这个夹具试制的设想。焊接，是汽车制造的四大工艺之一，车身的试制离不开焊接工艺及其配套的夹具。而郑志明他们要做一套低成本、短周期的车身试制夹具，需要从柔性化、结构轻量化、标准化设计等方面进行考量。显然，仅有热情是不够的，还需要丰富的实战经验。

画草图的同时，郑志明的脑子在快速转动。画完后，他补充道："师傅们，大家看看，还有没有什么可以更优化的地方？工艺装备试制前的设计自然是很重要的，但如果生产过程的控制不合理，同样会出现质量问题。"

老工人们没想到的是，郑志明的话让他们无法反驳，而且其中有些道理还让他们觉得很受触动。谭林科师傅是个心态开放的人，对于自己服气的人，他一向是礼敬有加的，何况这个人还是自己带的徒弟呢！有技术，肯学习，勤钻研，工作态度又认真，这就是谭林科眼里优秀工人的标准；但他也有一些担心，生怕这出戏让嘴上没毛的小徒弟唱不下去。

郑志明在这之前的确没有多少实战经验。他敢牵这个"大单"的头，除了凭一股子的义气和满腔的热情，还有那句“五菱五菱，走走停停”。估计他在家里常受父亲郑桂福说的那句“不蒸馒头争口气”的影响，听多了，耳朵起了茧，骨头也变得坚硬起来。

以前，微型汽车的制动车架是分装的，并不要求焊接的夹具有车身那么大，而现在要推出公司最近研发的新产品，生产一款新型的“五菱之光”，就得有一条配套的新生产线。车架不能拼装，那就得有一个整车焊接支架，而这个焊接支架需要一个整车的工装夹具。

当制造业发展到2024年，以今天的眼光回看，当年试制这个普通微型汽车的车辆制动支架总拼焊接夹具，似乎并没有什么难度。然而，时间往回倒推22年，站在21世纪的门槛上，当时的研制环境和条件却是相当艰苦的。国内模具企业主要生产重型卡车制动支架和厢式轿车后桥制动支架，微型汽车的制动支架只处在模仿制造的初级水平。郑志明所在的柳州五菱旗下的车桥厂，当时的生产能力也仅限于生产部件的分焊夹具和部分总成夹具。

研制就这么开始了。24岁的郑志明与中青年师傅们一道，从理解图纸着手，相互启发，认真测算板材的用料量，手工画线，裁割，敲打，拼凑，焊接，每天累得直不起腰。

在研制的那几天，郑志明即使回到家里，那些机械零部件也像他热恋着的情人，不肯从他的脑海里退去。三天时间很快就过去了，他仍没有多少头绪。入职以来，他第一次感到如此焦虑。他把这种焦虑变成执着和耐心。连续几个深夜，他爬起来画图，涂涂改改。一抬头，窗外变亮了。又是一个完完整整的通宵。无疑，他是一个优秀的钳工、师父的得意门生。前段日子的表现，已让老师傅们看到了这小子有着不一般的机械制造才华。眼下，此时此刻，他还是有点心烦意乱。如果不能在规定的时间里研制

郑志明在设计图纸

出一台微型汽车的制动支架夹具，其后果，说严重也严重，说不严重也不严重。说严重，是因为这会拖公司的后腿，影响公司一系列新车的开发和试验；说不严重，是因为他刚入职不久，既不是车间主任，也不是工段长，这笔账怎么也算不到他头上。

郑志明从书柜取出那本翻了无数次的《图解机械原理与构造》。书中说，夹具由底部框架、三维焊接平台作支撑，再通过支撑角铁、定位支柱、U形方箱、定位机构、90度压紧件、45度压紧件、非标定位及夹紧装置组合而成……

郑志明又是何其聪明啊，他非常善于将这些书本上的技术概念消化吸收，并为己所用。就是这样的组合！他高兴地蹦到书桌前，在纸上画出了整个制动车架工件草图。卡了数日的问题终于迎刃而解了！

制动支架总拼焊接夹具的优化设计及制作精度，在汽车制造过程中十分重要，柔性组合工装夹具的合理使用，更能节省夹具的资金投入。这一点，郑志明相当清楚。他要朝着柔性组合方向走，这样才可以生产不同种类的产品。

次日上班，他一到厂里就迫不及待地把想法向谭林科师傅复述了一遍。于是，师父一声召唤，大伙儿围了上来，听郑志明一番讲解后，便动手开始制造了。“都市清风”系列微型汽车，也就是后来人们熟悉的第一代“五菱之光”，其车辆制动支架总拼焊接夹具，就是这样在郑志明设想的基础上，大伙儿齐心协力“敲打”出来的。

但这还不算完成任务。一台新的工艺装备在工厂下线，仅仅是研制完成的第一步。接下来，工艺装备要送到工作现场去进行试运行，检验装备是否符合实际需要，这个过程叫作工艺装备试验。只有完成试验并达到指标要求，通过验收后，这种新装备才能正式用于制造产品。

在郑志明主导下，“都市清风”系列微型汽车的车辆制动支架总拼焊接夹具，经技术中心验收后，顺利进入了正式生产环节。这让车桥厂具备了从底盘总成四门、侧围总成到白车身主焊线的生产能力，并且其主要技术已接近当时国内先进水平。这种一举多得的好事经市电视台宣传报道后，引起了一定反响。这也是中国汽车工业史上第一辆趋于成熟的微型汽车。

郑志明告诉我，设备有试制，人生没有试错。如果说一个人一定要在一个年龄段塑造一个理想的话，他认为，自己的理想就诞生在此刻。

第六章 『设备保姆』的日常

“丁零零……”

放在床头的手机骤然响起，郑志明猛然醒来。一看来电号码，他赶紧摁下接听键，车间主任在电话里焦急地说，有一条生产线又出现故障了，要赶紧到现场处置。

此时，正是凌晨三点，外面北风呼呼地刮着。“五菱宏光”是眼下中国微型汽车市场最抢手的热门货，外地很多客户开了购车发票，住在柳州的宾馆里，坐等提车。还有几天，虎年的春节就到了。上汽通用五菱整车总装部想利用这几天大干快干，好在春节前下线一批整车。在这个节骨眼儿上，车桥厂却有一条生产线出了故障，停下来了。郑志明快速将衣服往身上套，先后给几个徒弟拨去电话，让他们迅速到厂里集合。

郑志明知道，妻子对自己把那么多时间和精力花在车间里耿耿于怀；但是现在，她成为汽车产业工人的妻子五年了，且自己也进了柳州五菱，是装配线上的一名工人，早已习惯了，正如其他产业工人的妻子一样。

偶尔，他也会有所顾虑。女儿已经四岁了，他却很少陪伴她，更别说送她上幼儿园了。就在昨天，他下班回来，想要抱抱女儿，结果小家伙一见他就跑开了。他不仅早出晚归，还半夜三更出门，女儿对这个父亲怎么会不陌生呢？每次，他都提醒自己，要多陪伴、多陪伴；但是，到了工厂，一头扎进了车间，他就把这些家事、私事全部抛之脑后了。

这个时期，“五菱宏光”月产量最高时已达到 18 万辆，但还是供不应求。厂里实行三班倒。生产线上，不到一分钟就有一台车桥下线，若是一条生产线出现故障，势必影响整条生产线的效率。生产保障室相当于整个工厂生产设备的“保姆”。不论什么原因造成生产线的停产，对工装“保姆”来说，都像是有一把利剑深深刺入身体。他们工作的职责，他们存在的价值，除了维持流水线的正常运转，保证成品车桥按质按量输送到整车总装部，还要想方设法地提升产能。就如同变戏法一样，有些时候，郑志明也感觉，生产汽车零部件的流水线，就像一次性往空中抛接多个球的杂耍一样。领导们对杂耍行为并不感兴趣，对理由和借口也不感兴趣。日产量，生产成本，产品质量，

2013 年，郑志明（左三）参加职工技能大赛

每天有多少不合格的产品被退回，这些不是他们关注的重点，但是，如果流水线停了，他们很快就会收到消息。时间每流失一分钟，就意味着一辆汽车不能完工，而造成的损失将永远无法弥补。这样一来，即便是二三十分钟的生产中断，造成的损失计算起来，也是大得惊人的。因为即使流水线停了，工人的工资和其他费用的支出也不会减少。

以前的钳、车、铣等机加工，全是手工摇设备。焊接，是抱着笨重的焊枪对着工件进行点焊。随着产量配额不断增加，要在人手紧缺的情况下维持正常生产，就成了一个大问题，相比之下，其他问题也就显得无足轻重了。郑志明和团队，对车桥厂的生产线进行了大规模的提升改进。2005 年以后，车桥厂基本上已实现半自动化、部分全自动化生产。在他眼里，汽车已不再是汽车了，而是一组会奔跑的钢铁。

这些年，郑志明在维修、装配和调试设备，甚至制造设备上表现出过人的天赋，参加各级钳工技能大赛，频频捧回大奖，让大伙儿羡慕的同时，他也成了一名技术过硬的“灭火队长”。不论是白天还是黑夜，只要生产线出了问题，第一个电话就准会打到他这里来。他都要第一时间分析出原因，准确地对工艺装备进行拆解。他像只经验丰富的啄木鸟，三下五除二地将捣蛋虫给揪出来。同事们常常疑惑，想不通他为什么有如此大的能耐，竟然如此火眼金睛，手到“病”除。

这不，半夜三更设备出了问题，检修工人接到报修通知，是要跑步进场的。组织手下员工抢修，不管白天还是黑夜，都要确保设备 24 小时运转。而设备一旦确定要做大的改造，就得有足够的窗口时间，那么，就得等到劳动

2015 年，郑志明（左五）在钳工技师、高级技师培训时上实操课

节、中秋节、国庆节、春节放长假时才能动手。平时生产都很忙，生产线是绝不允许停下的。

郑志明今天的技能技术能达到这样的高度，有一个关键人物得提一提。他就是车桥厂的厂长余可安。1961 年出生的余可安，是一位爱才惜才的技术型领导。父母均是柳州五菱退休的技术工人，他属于典型的“工二代”。他从小在工厂大院里长大，耳濡目染的全是机械制造的质量、研发、试制、控成本之类的名词。1979 年，他高中毕业入职那年，柳州微型汽车厂还没改名，还挂着“柳州拖拉机厂”的牌子，镌刻着农耕时代的印痕。后来，余可安参加了广西广播电视大学（今广西开放大学）在柳州微型汽车厂开设的大专班，读了三年机械制造专业。他从出生、长大，到读书、工作，从未离开过工厂，无论是之前的柳州拖拉机厂，还是柳州微型汽车厂，再到后来的柳州五菱。他对工厂、工人的感情颇深。

柳州，一个因为工业而兴旺起来的城市。在工厂大院里长大的孩子，和社会靠得很近。他们或单纯、热情、努力，或散漫、脆弱、自我。像余可安这样 20 世纪 60 年代初出生在工厂大院的“工二代”，显然属于前者。所以，对于像郑志明这样懂技术、有天赋又肯钻研的青年工人，余可安更多的是把他们看成事业的承继者，既爱惜又敬佩，总想保护好他们创新创造的才能和热情。

1997 年，余可安任车桥厂总工程师时，郑志明刚入职不久。在上千名员工中，郑志明突出的表现很快便让余可安牢牢地记住了这名青年工人。他和陈建基厂长一样，求贤若渴，对这个颇有灵气的小青年心生喜欢。有时，人和人之间的缘分并不需要多长时间来相互确认，只需在人群中多看那么一眼，他便认定郑志明是一个不可多得的可塑之才。多年后，这位爱才惜才的领导见证并参与了郑志明一步步的成长。在一些重要场合，他从未掩饰自己对郑志明的欣赏。

2006 年，是柳州五菱高速发展的一年。余可安被公司委以重任，由总工程师升任为车桥厂厂长。这一年，无论是产能、技术还是产品质量，车桥厂都需要花大力气进行提升。

工装工段，于整个车桥厂而言，是一个矛盾点，也是一个成效点，更是一个问题爆发的集中点。余可安升任厂长后，面临产能要提升、产品要提质的双重压力。其实，余可安的压力也是整个车桥厂的压力，一旦车桥厂陷入困境，那么，最惨的可能是这个团队的基层。这个基层，便

2015 年，郑志明带徒弟检查设备

是工装工段。

余可安是了解郑志明的。他早就发现郑志明有踏实肯干的工作作风，而且善于学习，肯下功夫钻研，这些都是支撑郑志明为车桥厂打下技改难题的动力。可以说，没有动手能力的技师，只能干些小活儿；而像郑志明这样能处理高难度问题的，显然是不可多得的理想人才。

于是，余可安想让郑志明挑更重的担子，发挥其更大的作用。像当年陈建基厂长一样，余可安大手一挥，将郑志明从工装工段钳工班班长，推到了工装工段长的位置上，提了两级。

郑志明到任后，难题一个又一个地摆在他面前。流水线生产，任何一处有问题，整条线便将自动断线。而每断线一分钟，对车桥厂都会造成严重的打击。

郑志明不但不能让生产断线，还要对整个车桥厂的产能进行大幅度提升。那一年，车桥厂年产车桥由原来的18万台增加到30万台。这样的速度让余可安心涌快意，同时又担心速度过快会出现质量问题。而最有能力替他分担压力的，就是郑志明了。

而郑志明的师父谭林科时常跟他讲起《射雕英雄传》里的郭靖。郭靖的起点并不高，武功天赋也并不突出，但他在高手如云的江湖中，注重修行，善于学技，与他过招儿或配合的全是高手，久而久之，他自己也成了高手。放眼再看整个车桥厂，整个柳州五菱，郑志明所接触的工人师傅们各有专长，他们不正是他这个“郭靖”身边的一个个高手吗？一个人，如果能在有生之年，同时与这么多身怀绝技的人“过招儿”，这是何等荣幸啊。

在接到抢修电话十多分钟之后，郑志明顶着呼呼的北

2017 年，郑志明（左一）在给徒弟传授经验

风走进车间，同时走进车间的还有好几个技术骨干，生产线旁的工友们看到后松了一口气。谁也不希望生产线多停一分钟。多停一分钟，就意味着产量和收入都会减少。谁都想多干活儿，多挣工资。

即便是半夜三更从被窝里出来，工友们也看不到他们有一点儿倦意，反而充满活力，在车间明亮的灯光照耀下显得生气十足。这也有工友们的心理因素，因为他们一来，生产线很快就会转动起来，倒的这个班，就不会浪费掉。此时此刻，郑志明一身油污的身影、青春朝气的脸庞同时也出现在余可安的脑海中。

郑志明带着团队分别从机床的工装、电气控制和装配三个方面分头检查，逐一排查生产受阻的原因，很快便找到了症结——衬套压装出现了问题。

郑志明察看了这条生产线的图纸，吩咐手下加紧排查，通过更改并刷新程序以及全面检查线路，锁紧接触点，终于让设备接通了电源。约半个小时后，故障终于得到解决。他抹了抹通红的眼睛，向夜宵摊走去，狼吞虎咽地吃了一大碗螺蛳粉后，赶紧回家补觉，因为说不定接下来的时间又有报修电话打来。并非白天不会有紧急任务，或者未完成之事——这是任何时候都不能避免的。在这个

2017 年，郑志明（右一）和徒弟们

天刚蒙蒙亮的清晨，像很多个清晨一样，他们满身疲惫地回到家。一旦再有报修电话打过来，他们依然会第一时间奔赴车间。

“振兴五菱”这样的口号，往往是贴在墙上，或者存在于领导的讲话稿之中的。大多数的普通干部、工人和技术员并不会成天把这句口号挂在嘴上，他们每天关心和谈论的，只是工资和物价，或者子女上学之类的家长里短，也有一些体育界的八卦；但是，每个工人固有的职业精神，让他们很少有怠工的情绪或偷懒的行为。对于一名产业工人来说，追求更好的技术、制造一流的产品，是一种融于血脉之中的本能，不需要用口号去标榜。

第七章 降噪，降噪

飞速发展的汽车制造业让余可安常常半夜醒来。从国外引进的设备不适用，弃之可惜，用之艰难。还有汽车后桥产生的噪声问题，多年无解。产品供给上汽通用五菱后，老是被投诉有质量问题。有些零部件存在的问题由来已久，甚至是世界性的技术难题啊。

这个时期，车桥厂每天下线的汽车后桥约 1700 台。产品源源不断地供给整车总装部，每天下线的“五菱宏光”汽车至少 1700 辆。

某一天，车桥厂接到报告，总装部在路试过程中，发现不少车辆出现噪声过大的问题。这不，因后桥不合格被退回的汽车一天就达 50 辆之多。

一天就有 50 辆不合格，这个返修率轰动了整个柳州五菱。这怎么行？前些日子也有少量因车桥不合格被退回的车辆，分管生产的文副厂长立即安排了两名专门人员负责检修。本以为事情会很快解决，没想到因后桥不合格被退回的汽车越来越多，且每天退回的数量不断增加，检修人员根本忙不过来。

同样的情况也发生在整车部的其他部门，而且更为严重。由于工艺不规范，配件的质量难以得到保证，在路试过程中屡屡出现问题，把总装部的工程师们气得直跺脚。再不尽快改进，就必须处罚，重重地处罚！

汽车工业是一个体系，要打造出一款质量过硬的“五菱神车”，离不开优质零部件的支撑。而零部件有任何缺陷，都会影响整车质量，这一点谁都清楚。看到与日俱增的不合格后桥，总装部还是按行业规矩，给车桥厂又一次发出了“抱怨函”。

“后桥总成有问题的，必须全部退回去重新拆下来检测检修。我们要保证五菱整车品质，你们改也得改，不改也得改，否则，我们只能选择另外的协作厂了。除此之外，还要对所造成的损失进行处罚。”

总装部发出的“通牒”，白纸黑字列出的条款，态度咄咄逼人。

“抱怨函”意味着生产事故，而这一次似乎更严重。要知道，这些后桥都已经装上车了，如要返修，需要拆下来。一个后桥总成有两三百斤重，需要好几个人合力把汽车顶升起后，才能把后桥拆下。这是一件非常耗费人力和时间的麻烦事。后桥经过检测后，没有问题了，再装上去进行路试。若是再出现噪声，还得再拆下来重新检测。而且每天的生产还不能停下，如果继续生产出不合格的后桥，那么需要返修的汽车就会越来越多。

再不尽快解决，拆下返修的速度将远远赶不上退货的速度。用不了几天，需返修的车辆就会把整个厂房堆满。更要紧的是，噪声问题毫无规律可言。后桥总成若不在上总装线前检测，就会形成恶性循环。装装拆拆，再拆拆装装，这一整套流程折腾下来，想想就头皮发麻。由此产生的时间成本和人工成本，让余可安厂长倒吸一口凉气。

“可安，可安，但我的心真的无处安放啊！”余厂长就差捶胸顿足了。

“给用户提供最好的驾驶体验”又何尝不是柳州五菱人追求的终极目标？柳州五菱历经风雨走到今天，一直都是秉承这样的理念。事实上，后桥的噪声过去或多或少也出现过，但只是偶尔有之。随着整个产业体系质量的提升，这个缺陷如果不解决，总装整车下线后，除了噪声，还会引发更复杂的问题。

此前，厂里曾请过一些国外专家来现场“会诊”，但都没能找到很好的解决办法。这个难题困扰着余可安厂长，使他夜不能寐。眼看因后桥问题被退回的车辆一天天增加，差不多摆满了厂房，车桥厂领导班子束手无策，决定马上召开会议进行研究。

生活中，找一个人容易，找一副敢于扛事的肩很难。但在柳州五菱的车桥厂却不难。这不，攻克降噪问题的通知下发后，各工段、各班组很快列出了一串长长的名单，名单上都是有两把刷子的技师和工程师。余可安特地点名，让郑志明一定要参加这次会议。他寄希望于郑志明身上，期待他能够另辟蹊径，在别人走不通的地方，走出一条道来。

“我们有什么办法控制这个噪声？”余可安厂长少了客套，简明扼要地开场了，他先将目光投到老技师张金荣的席位。

1955年出生的张金荣，已在柳州五菱工作了近30年。在生产拖拉机的年代，他就是一个厉害的车工专业的高级技师。他和老工人们，都经历过从造拖拉机转型造汽车的激情岁月。他也是这批工人中年岁最长、经验最丰富的高级技师之一。一辈子都在搞技术的他，在企业里接触过许多前沿装备，是个老资格了。张金荣也是一个很看重眼缘的人，凡是他相中的人都会真诚相待，凡是他看重的事都

2017年，郑志明用专用电脑绘图

会全力以赴去完成。当他看到郑志明也在场，不禁觉得眼前一亮，心也为之一振。此前，他和郑志明在工作上并没有什么交集，只是听说这个年轻技师很了不起，还经常在公司各种表彰会上看见他上台领奖。郑志明勤学习、肯钻研、舍得下功夫，在张金荣等老一辈工人眼里，这些都是优秀技术工人的标准。

见没人回应，余可安厂长着急了，目光环视全场，耐着性子提高嗓门，再问：“这个噪声到底有多大？”

会前，两名负责检修的技术员将车开出去路试了一圈，把时速提高到80公里之后，松开油门，在怠速状态下，果然听到嗡嗡的噪声。反复几次后，这种声音更明显了。

听到余厂长这么一问，参加路试的工人汇报了路试结果，还现场模拟了嗡嗡的噪声。

“噪声到底是从哪里发出的呢？”坐在余可安厂长身边的文副厂长，这些天被返修问题折腾得满脸憔悴，他声音沙哑，似乎在自言自语，又似乎在问参会人员。

张金荣此前已对这个问题进行过一番研究，深感其复杂性。他好一会儿才把思路调整回来：“产生噪声的原因很复杂。一般来说，我们把机械噪声分为流体噪声、结构噪声和空气噪声三类，而制动器同时具有这三种噪声源。汽车的后桥总成是复杂的振动系统，它由主减速器，也就是主动齿轮、被动齿轮及差速器总成、半轴及桥壳等部件组成，通过主减速器实现降速增扭的作用，可是……”他尽可能用规范的语言向厂领导及其他与会人员解释道。

余可安厂长听了，频频点头，并插上一句：“这一块看看，找出发出噪声的零部件，再检查我们的生产线，看有没有可以优化的地方。产品设计自然是很重要的，但如果生产过程不合理，同样会出现质量问题。”他将目光转向郑志明，示意他说说自己的意见。

郑志明之前没有认真查看有问题的后桥总成，也没研究过制造该产品的工艺装备，这时他还谈不出什么有价值的观点来，只说了一句：“我们可以组织一个团队来攻克，看能不能彻底解决。”

余可安见状，觉得再这样讨论下去，也不会有什么结果。他决定将各班组推荐上来的技术骨干组成一个技术团队，由张金荣牵头，带着郑志明进行技术攻关。厂里现有的人力、物力，优先为这个技术团队服务。

汽车后桥总成，是驱动车辆移动的重要部件，它是由减速器、桥壳、制动器等组成的传动装置。然而，噪声这种问题是随机出现的，并不能在生产环节就完全杜绝。只有当整车总装完成后，发动汽车行驶时，才能凭噪声的大小判断后桥总成的减速器是否有问题。

要知道，汽车后桥壳体主减速器控制系统，是一套非常复杂的制动零部件。在汽车行驶的过程中，发动机、路面、风阻与环境噪声等各种因素会集中在一起，对汽车造成综合影响。

要想有效控制噪声，必须先将所有噪声分清。好比一杯水，里边添加了盐、酱、醋、酒和蜜，猛然尝一口，五味杂陈，却又说不出滋味。要想知道每一种作料的味道，必须将所有作料从水中提取出来。

如果说提取作料是困难的，那么从综合噪声中滤出单独噪声，更是难上加难。只有条分缕析、抽丝剥茧，才有可能实现。

第一步必须进行噪声“提纯”，才能有的放矢地采取措施进行控制。然而，几天时间又过去了，郑志明和团队仍找不到噪声出自哪里。

科学技术的严谨就在于此。在攻克降噪难题的日子里，张金荣和郑志明常常聚在一起讨论。事实上，张金荣并不是郑志明真正意义上的师父，但郑志明处处待张金荣如师父，执徒弟之礼。张金荣也越来越欣赏这个肯钻研、爱学习的年轻人。朝夕相处的日子久了，他们之间还真有点惺惺相惜的感觉，时常以兄弟相称。其实，以张金荣的岁数，都可以当郑志明的父亲了。为集思广益，余可安不定期召集大家开碰头会，听取郑志明和团队的汇报。郑志明在会上陈述了要建一间静音室的原因：减速器经过流水线装到后桥之前，要先流进静音室检验；在静音室检验无噪声后，再流到后桥装配线；后桥装完后，再流到总装线。如此一来，在减速器下线前将有问题的统统拦截、返修，就能保证组装到后桥上的减速器的质量。若在总装线上没有问题了，整车也就基本没有问题了。

“在减速器生产线上，增加一道检测程序，一旦发现有噪声发出，就拦截不下线、不出厂。”郑志明最后总结道。

然而，减速器检测出有噪声后，仅仅是拦截下来还不行；找到噪声来自哪个部件，也还不够。郑志明认为，理想的解决方案，从来不是“头痛医头、脚痛医脚”，而是要在源头上解决问题。这也是他在制造领域里深耕细作形成的精益求精的理念。

“我们还得想办法找到减速器产生噪声的原因。”郑志明说。大家都清楚，噪声的产生毫无规律可言。必须从生产线上往前推，从源头上杜绝。

这个时候，市里特聘的外国汽车专家来到了柳州，被邀请到厂里，与张金荣、郑志明团队一起分析产生噪声的原因。中外工程师用模型反复推演，先寻找产生噪声的原因，再寻求解决办法。专家的母语是非通用语种，为了有效交流，团队找遍柳州才找到一位会这门外语的银行职员当翻译。外国专家讲解时，郑志明在翻译的帮助下连比画

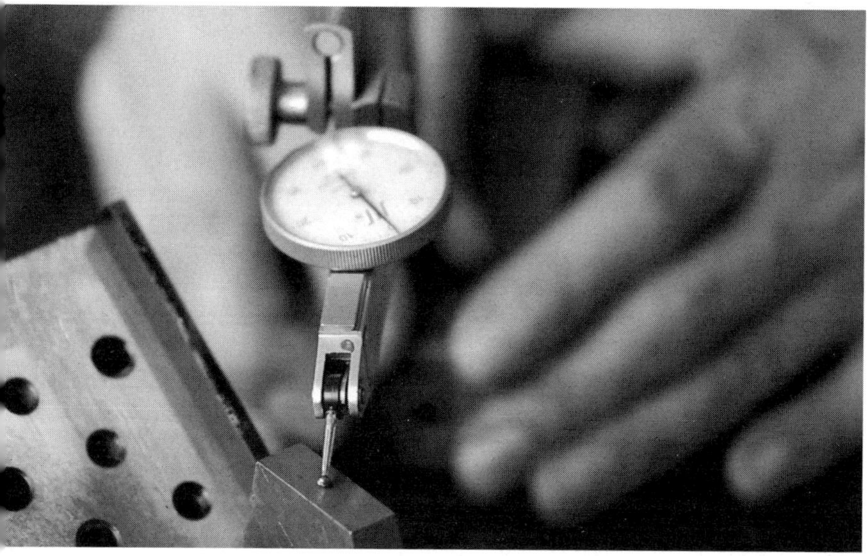

2017 年，郑志明在测量零部件

带猜测，或者和两三个工人凑在一起猜，实在听不懂的只好跳过去。外国专家操作时，郑志明踮脚探头，目不转睛地看。之后，厂里又从北京、上海等地请来几位高级工程师一起“会诊”。中间种种，曲折颇多。虽然发现噪声问题出在减速器上，但是解决方案还是没能找到。

外国专家和北京、上海的工程师毕竟没有那么多时间与柳州五菱的团队一起慢慢摸索。送走他们后，张金荣、郑志明和团队陷入一阵茫然。郑志明将半听半猜的内容细细琢磨，慢慢厘清了思路。有时候，不是仅仅靠技术和经验就可以解决问题的，还得靠悟性，悟性甚至更重要。

郑志明和团队锲而不舍地对整条生产线有可能产生故障的工作点逐一往前排查。而在这个过程中，希望时隐时现，计划对错反复，质疑起起落落。在张金荣、郑志明几位技术专家的带领下，公司上上下下有两三百人为之拼搏。

解决方案慢慢地浮出水面，最后找到产生噪声的原因有两种，其中一种是齿轮在生产过程中发生磕碰，金属和金属之间容易产生磕碰点。齿轮在工作时，一转一压经过这个磕碰点，就会翘起来，于是就产生了嗡嗡的噪声。

“那么磕碰点又从哪里来？”张金荣提出疑问。

郑志明这时联想到在食堂吃饭时，两个不锈钢菜盘碰撞后发出的声音。他说：“可能是从工人加工零件时来的。金属碰到金属，力度稍微大一点，就会产生磕碰点。这个磕碰点哪怕肉眼看不到，也会造成缺陷，成为产生噪声的罪魁祸首。”

“那我们就得尽可能减少工人手工接触加工的零件，这就需要研制一条全自动化的生产线。”

金点子往往就藏在日常生活里。很多好想法就是在这样的坦诚交流和相互启发中碰撞出来的，需要用试制去验证。

外国专家提出的解决办法太过于依赖数据，但这应该不是找到问题解决方案的关键。郑志明认为，只有把中国智慧和西方科技有效结合起来，才能破解中国制造的难题。就像把中医的“望闻问切”与西医精良的医疗设备并用，才能成为妙手回春的名医。

多年后的今天，经历了无数场技能大赛，由参赛选手成长为评委专家的郑志明在接受笔者的采访时说：“20 岁时的那场钳工技能大赛我很满意，不是因为我胜了，而是因为整个比赛过程中，我锉削的节奏始终没乱。在别人看来我的动作可能很慢，但我每一刀下去的力道都很准确，就像一步一个脚印在走路，有种生根般的扎实和稳健。这让我觉得有时准和慢才能出好的效果。”

技术攻关工作终于取得了很大突破。经过梳理归纳，眼下要解决的事只有两件：一是设计一间静音室，拦截有问题的减速器，不让其装上后桥总成出厂；二是从源头上杜绝噪声，优化现有的生产线，避免在加工齿轮的过程中产生磕碰点。

为解决噪声问题，余可安厂长组织相关人员开了无数次碰头会。在会上，郑志明的观点已明显超出一个技师的专业范围，不经意间流露出来的观点也非常专业、准确和前卫。作为一个搞技术多年的领导者，余可安是能够听出深浅的。郑志明分析的这些，对张金荣来说也是一种启发。他非常欣赏郑志明提出的技术策略，认为那些策略既与当前的技术水平相结合，又切实可行。

我们先来看看郑志明和团队是怎样制造静音室的。

当郑志明提出要自己设计制造一间静音室时，所有人都觉得这简直是天方夜谭。可是，郑志明认准这个方案切实可行，静音室非建不可。

这一天，郑志明在食堂吃饭，和张金荣碰到了一起，讨论的话题还是离不开静音室。

“没有这样的静音室，就无法判定减速器到底有没有噪声。如果要等到后桥装配上去了，路试了，才发现问题，就为时已晚了。”说着说着，郑志明用筷子蘸着茶水，在餐桌上描画起来，边画边说起他最近思考的问题。张金荣也来了兴致，索性也用筷子蘸了茶水，在郑志明画的线条上加了几笔。

两代技师就这样在餐桌上设计起一间静音室的草图。放下碗筷，他们立即返回车间，继续探讨如何搭建静音室。这时，他们发现，台钻的器械音很小，也有足够的动力，但是台钻缺少一个跟减速器连接的接口。郑志明赶紧找人设计制造了一个接口，再让台钻跟这个减速器连接起来。团队的另一组人着手设计并组织建造一间静音室。

疑似有噪声的减速器通通找了出来，与台钻接稳后，由模拟车桥带动旋转。在静音室里，嗡嗡声清晰传出，经过声波，在计算机屏幕上显示。于是，郑志明和团队把有问题的减速器一一拆解研究，发现减速器壳体的误差对噪声的产生影响很大，所以要对减速器壳体进行精密测量。

再来看看，这个细微的误差是多大呢？它相当于头发丝直径的 1/40。为了找出这细微的误差，张金荣带着郑志明和团队研发测量的工具，设计了一套检具，测量出了具体的误差数值。头发丝般粗细的细小物件，乱麻一样复杂的结构，工人们怎么可能一一按照方案与技术要求去精准地完成呢？越是复杂的工序，越是隐藏着风险与时机。难道只有这一种方案吗？

张金荣坚持说："要想把那1/40头发丝粗细的差距调回来，就要调整这个主动力头。"也许是因为在工厂里待久了，张金荣身上看不到太多文气，倒像是个熟练技工的样子。不过，郑志明此前已听说过，张金荣技术过人，而且做事非常严谨。在张金荣面前，其他的事情都好商量，唯独技术方面的事情，那是没有商量余地的。

大家都知道，要调一个头发丝那么小的误差本来就很难，何况这个误差还是头发丝直径的1/40。而要调整这个设备后面的三个动力头固定螺栓就更难了，因为刀头部位每调动一点距离，螺栓固定的三个点就要调整相应的数值。这个数值，为头发丝直径的1/35到1/15。数值如此精确，要经过大量的计算，知道具体需要调整的数据，然后再经过无数次的试验。

后桥壳体测量是一项非常重要的工作，测量精度影响着减速器的音量和耐用程度。当时测量全都依靠手工，测量工具也比较粗糙。而郑志明并不擅长对壳体进行测量，张金荣一边手把手地教他测量要点，一边和他摸索更好的测量方式。郑志明反复地进行测量和调整，每一轮都得耗时 6 个小时以上，通宵达旦成了家常便饭。天快亮时，他才匆匆回家洗漱，再睡个囫囵觉。醒来后，活力和精神又全都回到他脸上了，好像头天晚上被技术难题困扰得愁眉苦脸的是另外一个人。郑志明不但一点就通，而且在和张金荣师傅的交流碰撞中有了很多新的想法。

“要解决这个问题，就必须把减速器的壳体误差解决掉，要对加工壳体的设备进行调试，恢复它的精度。要恢复精度，就必须对加工的动力头进行空间位置调整。”郑志明的思路逐渐变得开阔，一步紧跟一步。

而要达到这个精度，需要消除 0.002 毫米的误差。当时车间里的很多工友都认为这 0.002 毫米太精细了，它相当于头发丝直径的 1/40，绝不可能调出来，但是郑志明不服输，反复试了无数次，硬生生地靠手动把这 0.002 毫米的误差消除了。消除了设备给减速器壳体带来的误差，也就解决了产生汽车噪声的问题。

“为什么要把加工工艺的设备精度提高到如此精细的程度？”后来，一些跟班的实习生常问这样的问题。

“那是因为汽车零部件加工设备的精度，远比汽车零部件的精度高出很多。唯有加工设备精良了，才能保证加工出来的汽车零部件合格，最终保证整个汽车的品质。”已经出师带徒的郑志明像谭林科师傅当年一样，耐心地向徒弟解释。

这样一路走来，技术攻关小组耗时一年多才解决了噪声问题。张金荣、郑志明和几名技术骨干在生产车间摸爬滚打。他们恨不得将每天的 24 小时掰成 36 小时用。他们时常全身沾满油污，指甲缝里时常有黑黑的油印子。有一

2017 年，郑志明在研究图纸

天，郑志明看到张金荣从窄小的管子里爬出来，浑身污渍斑斑，低垂的头顶上闪着几根稀疏的白发，忽然有一种辛酸的感觉。

经过郑志明和团队上千次的模拟试验，2007 年 8 月的一天，一台减速器噪声检测简易设备终于在大家共同的努力下诞生了。有了这台设备，后桥就不必等到装配上整车和路试后才能发现问题。减速器在生产线上，通过流水线，进入静音室，自动检测，一旦发现问题，就将有问题的减速器拦截下来，让其不再往前进入装配线。及时把问题消除在萌芽阶段，可以节省大量的成本与时间。

在往后的生产中，每天被退回的车桥渐渐减少，直至数量为 0。

为了得到一组准确的数据，郑志明一次次起五更睡半夜。这不，产品要换代，现有的设备要跟着换代，轴承的孔位不对位的话，噪声也会跑出来。而要想让轴承孔位准确无误地对在眼子上，需要反复调试设备。这样的技术难题，厂里自然也交给了郑志明。而调试设备，不能在生产时间进行，只能等到生产线停工或工人放假后。调试一个来回，需要一两个小时，几次调试出来的数值，取其平均值，才能做到相对准确。这需要极大的耐力和精力，还要有一种精益求精的精神，容不得半点马虎。

是的，好的工程师无一不是从千辛万苦中磨砺出来的。就是太苦了，所以一些人情愿通过另外的方式谋生，而不愿意与机床、钢铁、模具打交道。因为前者无须动用太多脑力，而后者艰难且路途遥远。

在我国台湾地区出生的美籍华人胡兆仑博士到厂里参观时，看到这样的噪声检测设备后赞叹不已。他告诉身边的人，北美洲的一些先进企业都没能设计制造出这样的噪声检测设备，而是专门设置了一个叫作“听音师”的岗位，用人工去听声音，再分析判断。然而，人工听音，毕竟各人的感受力还是有区别的，不可能杜绝噪声。他万万没想到，在一个地级市的工厂，居然有郑志明这样的工人，其志趣、能力、胸襟和视野，都非同一般，这在机械制造领域也是一段传奇了。所以，胡兆仑博士看到这样一个先进的静音室，甚为佩服。机械检测的结果，必定会比人工检测更为精准。他对柳州五菱工程师和技师的能力，越来越佩服了。

汽车制造业日新月异，新的产品设计层出不穷。在大变革中，郑志明是参与者，更是推动者。如今，虽然用于检测减速器噪声的设备早已更新换代，但是郑志明他们当初想出的设计原理，一直沿用至今。

第八章 向洋设备发起挑战

对中国工业史有一定了解的人都知道，早在20世纪70年代，国家进行过一次大规模的技术引进，即从美国、联邦德国、法国、日本、荷兰、瑞士、意大利等国家大规模引进成套技术设备，史称“四三方案”。

地处中国南方的柳州工业蓬勃发展，得益于企业早一代的当家人在“小打小闹”中领悟到“买进一个现代化设备，不等于拥有现代技术”的道理。他们早就意识到要一手抓引进的同时，一手抓自主创新。唯有自己设计、自己制造的设备，自主性才更强。

早些年，五菱公司各零部件分厂的生产车间有不少设备依赖进口。车桥厂有一套生产线，是几年前花重金从日本引进的。有一天，程序编码错乱了，不能准确地识别机床上的零部件，不能按设置要求进行加工，也不能再自动传输到下一个工作点。零部件累积在机床上发出叮咚的碰撞声，导致所加工的零部件出现瑕疵，整条生产线都瘫痪了。

要知道，那时正是“五菱宏光”产销两旺的时候，任何一条生产线因故障停一分钟，损失都高达数万元。其他国产化设备的“小病小痛”，厂里多年来培养出的高级技师和工程师完全可以拿得下，这台洋设备却让经验丰富的老师傅们感到手足无措。

怎么办？没有办法，自己不会修，只能求助于原产地的日本工程师。以前也发生过类似的问题，都是请日本供货商派人到柳州维修。日本工程师的“出场费”高得惊人，更换零部件的费用还要另算，还要加上专家费。一个团队至少也有五个人，他们往返的交通费和食宿费也全由柳州五菱支付。这笔费用至少可以抵 30 名普通员工半年的工资。

而且，他们到厂里维修时，不肯让中方人员靠近。五菱的技术员端茶递水、殷勤伺候，但人家却摆出一副高傲的面孔。这种局面，让五菱工人的师傅们深受刺激。自己技术不过硬，尽管花了大钱，却仍旧受制于人。但这些算什么，停产所造成的损失才是更让人胆战心惊的。

设备修好后，若是再出现问题，还得再请日本工程师过来处理。前些年，设备几乎每年都需要维修一次。设备

2015 年，郑志明（右一）和徒弟们在看研发的一台专机

使用的年限越长，出现故障的频率就越高。公司从上到下有一种处处受人钳制的感觉。

“咱们生产的是五菱，是国民低端车，利润本身就很薄，一个生产线的维护费每年要花三四十万元，这怎么行？太浪费了。”厂领导无比心痛，白花花的钱就这样流走了。

设备修好了，验收交付使用后，送走日本工程师，五菱人只有在心里默默地祈祷，祈祷老天爷保佑这台设备千万不要再出故障，他们可经不起再次折腾了。

结果往往事与愿违。这件事把公司高层折腾得够呛。于是，有领导提出，求人不如求己，我们能不能自己维修，甚至将进口设备改装成我们想要的样子！

显然，这是一块最难啃的骨头，更是国外紧握的“卡脖子”技术。如果问题得不到有效解决，就还是会造成大量资金浪费。

当时没有人敢于挑战这项几乎无法攻克的技术难题，郑志明却悄悄地做了一些准备，等待时机，向洋设备发起挑战。

终于还是应验了那句老话：“越怕什么，越来什么。”这不，又一台洋设备停工了。这是一套从美国进口的格里森锥齿轮研齿机，在使用过程中出现问题，导致主轴精度降低，生产出来的产品质量不达标。

公司所有人都着急起来，得尽快找人修复。越洋传真发了过去，两天后，对方才回复，称最近无法派出人手来，末了，对方还笑了笑。那笑，是居高临下的笑。你在这边着急有什么用，对方还是按自己的档期来安排。

起初，柳州五菱公司高层领导亲自致电对方领导，好话说尽，希望他们尽快派人过来维修，毕竟当时引进设备时有合同约定。可对方的理由也很充分，技术人员不是身体欠佳，就是手头任务放不下，人手安排不过来。

这让柳州五菱公司高管们长吁短叹，心头更如压了几重山。

当初采购合同是白纸黑字写得清清楚楚，设备出现故障，他们负责维修；但是现在他们又不是说不来修，只是说缓一缓，合同上没有哪一条是写着设备半夜坏了半夜修的呀；更何况，这个行程不算近，还得订购国际机票呢。

柳州五菱所有的工程师，又一次真切地感受到什么叫商界的“残酷”和“无情”！

不能自己进行改造吗？

无奈之下，五菱做出了决定：“我们自己干，对这条

2020 年，郑志明工作照

生产线进行改造！”

“对，我们要把这条线改成自己能维修的生产线！”

群情振奋。

“是要自己做了，我们不做，花钱买别人的，还受气！柳州五菱有的是高级工程师和技师，我们又不是豆腐做的，更不是宣纸糊的！”公司高层领导说话了。

然而，改造生产线谈何容易啊？

没有师傅，没有图纸，甚至连零散的技术资料都没有。

于是，郑志明和几个志同道合的工友一拍即合，又组建了一个小团队，向格里森锥齿轮研齿机发起挑战。队员们无所畏惧、一往无前。

刚开始时，大家雄心壮志，热情都很高，但真到了将生产线拆解研究的时候，全部感觉压力非同寻常地大……毕竟，这是没有任何先例可循的一次维修。当时在引进设备时，连使用说明书都没有。

这无疑是一块最难啃的硬骨头，更是国外紧握的“卡脖子”技术。没办法，硬着头皮也要将这条半自动化的生产线“改姓”和“改性”。改成中国制造，改变性能，使其更柔性化，适合五菱汽车需要的不同零部件。要知道，这条生产线空间调整难度大，工艺装备重，任何变动都会牵扯到很多环节。比如车身多一个洞少一个洞，都涉及模具、夹具、定位点以及外形固定的变化，更别提还要增加机器人等设备了，工作量巨大。

这台洋设备最终还是被郑志明一群年轻人给“解剖”了。说拆零散就拆零散了。机箱上贴着的小纸片，字迹早已模糊，漫漶一片，根本辨不清上面的内容。郑志明他们凭着日常的经验，对零部件进行归类，边拆边学习，看看外国设备到底是什么样的结构和原理。

设备内里还真是一个奇妙而陌生的世界。一个个零部件、一块块电路板，像一扇扇新世界的大门，令郑志明和团队头昏脑涨，感到门里的世界深不见底。

怎么办？只能用心，再用心，直到所有人把全部心思和精力用在了一起，用到了一个地方，才可能实现“劲往一处使”。

然而，说与做又是两码事。

此时的郑志明，刚被公司特聘为首席专家。他的压力更大，因为这个“榜”是他自己揭的。之前他的确主导研制了几条自动化生产线，也参与维修了一些重大设备；但这一次显然不同，这毕竟是一台洋设备，和国产设备的区

2015 年，郑志明在维修机床

别还是很大的。

那些日子，郑志明吃住都在厂里。日子好像缩短了，从清晨到傍晚，似乎一眨眼就过去了。他对这条生产线的了解也在不断加深。每一个零部件、每一块电路板，都仿佛变成了人体器官。每个零部件叫什么名字、长在哪个部位、有什么功用，他在笔记本上记得清清楚楚。整整一个星期，郑志明和团队对这条生产线反复拆装，反复调试，终于攻下了这台设备，使其能正常生产。

郑志明对自己越发自信起来，莫非真如工友们所说，自己的双手具有了点石成金的魔力？是啊，几个冰冷的零部件组装在一起，就变成了有较大动力的“神物”，按照程序员给予的命令，规规矩矩地完成自己的任务。

公司旗下的齿轮工厂，还有大量美国进口的格里森高端设备，在使用过程中由于各种问题导致主轴精度降低无法使用，也需要维修。

有了前面那条生产线的维修经历后，郑志明又一次主动接下了该任务，但设备和设备之间的差异，不是一般大，郑志明即使修过上百台设备，再面对的仍是一台新的设备。他查找相关资料，记下一摞厚厚的笔记。这些又何止是笔记，而是他对“洋设备”生出的无数疑问。在精心整理和探究中，他确信，这些所谓的国外先进技术和设备，有明显的漏洞与瑕疵。经过多年的使用，它们越来越表现出“水土不服”了。

挑战权威，需要的绝不仅仅是勇气。在那些日子里，有一个人最能理解郑志明，那就是他的妻子。她看着丈夫埋头在电脑前，制作出各种工件图时，常常表现出激动和快乐。面对三维建模图，他更像一个钢琴演奏家，双手在键盘上激情地弹奏，仿佛在创作一首崭新的激越的曲子，那姿势、那乐感、那灵动，与他热衷的研磨、锉削是一样的。

经过反复模拟验证，郑志明拟定了维修方案。

恰好这时，市里聘请的德国专家又一次来到柳州五菱。有领导提出，郑志明手上正在研究的切齿机及研齿机，能否让专家指点指点。

就这样，郑志明被叫到德国专家跟前。他利用电脑向德国专家展示了三维数值仿真模拟工件。

“太精彩了，这简直就是一件先进的工业艺术品。”当郑志明全部介绍完毕，德国专家拍了拍手，感慨地说道。他这话虽然有几分恭维的意思，但也并非全无诚意。以德国专家的眼光，可以看出郑志明不仅是在维修这个切齿机及研齿机，更在原有的基础上进行了提升和改进。仅从这个三维建模图便能看出郑志明在这上面花费了不少的心血，很多地方的设计都有独到之处，对比国外此前使用的先进设备，的确有了非常明显的优化。

有的计算过程需要通过分析人员自己编程去解决，郑志明把分析模型进行了高度简化，把三维简化成了二维，又加进了若干约束条件。

听郑志明从头到尾介绍了一遍新设备，在场的工人师傅们恍然大悟。原来这条生产线是这么一回事，以他们的智慧，依葫芦画瓢，完全可以制造出一整套符合生产需要的设备，用于解决齿轮设计中存在的那些问题。

但事情并非如此简单。

研制一条精度要求甚高的主轴，必须将每一只螺丝帽拧到适度的松紧，这小小的螺丝帽的松紧度，是郑志明

2016 年，郑志明在调试设备

靠熟练的技术与手感来把握的。如果有一天，你的双手能迅速在锉削、研磨、刮削的过程中找到一种感觉，犹如神助，那就是老师傅们常说的手感。它能产生爆表一样的力量，它就是你的一个得心应手的伙计。在质量创造过程中，既有技术标准书上的要求，更有他作为一名技术工人对零部件的心理判断——误差得控制在0.002毫米之内。没有明察秋毫的火眼金睛，是难以做到这一点的。这是他对机械技术，对柳州五菱，对汽车制造等多种情感凝聚在一起的技术结晶。

在汽车制造行业，一些设备往往“造不如买、买不如租”。其实，“造不如买”这句话，最早出现的时候是有其特定语境的。一个企业也好，一个国家也罢，在某一个特定历史时期不可能自己去制造所有的设备，有所为、有所不为，这才是正确的决策思路。在一时没有技术力量来制造，或者来不及制造的情况下，通过购买一些设备来提高自己的装备水平，本无可厚非。而如今的情形是“买不如造”，这句话说起来简单，但实际操作起来，其难度可想而知。而郑志明之所以有这样的底气说“买不如造”，是因为他看到公司从外面引进的生产线价格昂贵不说，买到的还只是机械，没有技术，如发生故障，请国外生产商来

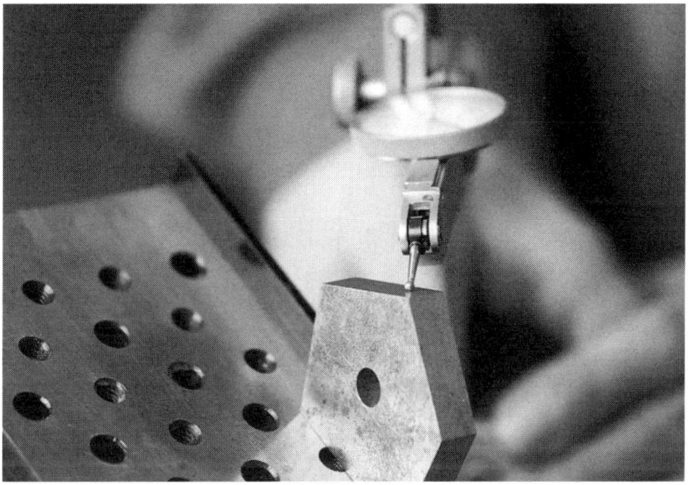

2017 年，郑志明在研磨精密零部件

维修，费用也是高得出奇。

读者还记得郑志明进厂之初接到任务——在一个星期内试制出一批“都市清风”系列微型汽车的制动支架吗？那是郑志明和谭林科师傅等人试制的第一套整车焊接夹具，转眼过去了 10 年，但这套设备还没有过时，仍在源源不断地制造出合格的产品。这些年来，作为上汽通用五菱汽车核心零部件的供货厂家，车桥厂以技术、质量、设备和人才优势，开始向国内多家汽车厂配套生产各种型号的汽车后桥总成和相关的零部件，以每天1000台的产量雄踞全国同行之首。

工业圈子里的这些事情，外人看不透，内部的人其实是非常清楚的。郑志明在汽车工装界摸爬滚打那么多年，哪能不知道这样一条生产线存在什么样的问题，又怎么会不明白要制造出真正有竞争力的工艺装备需要什么样的投

2021年，郑志明和师父张金荣

资，以及什么样的配套体系呢？

每每看到自己主导发明创造的自动化生产线，一张张冰冷的钢板，经过冲压、焊接、喷涂、总装等千百道工序后成为一个个零部件，像流水一样，自上而下，不疾不徐，发出一阵阵有节奏的机械声，郑志明的脸上就绽开了花一般的灿烂笑容。他的脑海里一直回荡着一句老话：苦干加实干，走别人没走过的路。

然而，实干是真的苦！

每当他觉得苦，脑子一片空白时，他就骑上那辆改装过的自行车去攀爬。狂奔三四十公里，大汗淋漓，一身疲惫时回到家，洗过澡后，爽快弥漫全身。第二天，他又可以全身心投入工作了。

问题在现场，答案也在现场，学习更是在现场。

那些日子，郑志明和团队对一批类似格里森高端切齿机和研齿机这样的洋设备反复拆装。经过日夜奋战，他们终于完成主轴修复工作，主轴修复后，精度达到 0.0015 毫米，满足设备使用需求。

改装后的洋设备，超乎人们的想象，一个个精良的齿轮，从容不迫地从生产线上滑下来，像一张张顺流而下的竹筏。

齿轮的加工也是靠机床来实现的，没有高精度的机床，自然不会有高精度的齿轮。在机械领域，齿轮传动是很常见也是最重要的传动方式。对于齿轮的安装，良好的工艺、有经验的技工，都是必不可少的；而且还有一点非常重要，机床床身的精度直接影响着齿轮和主轴之间的啮合。

有一天，美国一位工程师打来越洋电话，问格里森高端切齿机及研齿机的工作状况。他十分不解，为什么三年过去了，柳州五菱还没有请他们维修？莫非他们的设备在中国，质量发生了飞跃？

柳州五菱工程师如实相告。美国工程师不相信，怀疑柳州五菱在请别人维修。于是警告说，柳州五菱公司使用我们提供的格里森高端切齿机和研齿机，就必须由他们维修，如果请人维修，就是违反合约。

郑志明回敬道：“设备卖给了我们，产权就是属于我们的，我们自己要怎么修怎么改，绝对合法！”

这个回复务实又直接，也体现了郑志明务实干练的作风。从一个名不见经传的钳工一路成长为行业里屈指可数的技能型、技术型专家，还可以维修进口设备，这是他当小钳工时想都不敢想的事情。

为了维修好设备，郑志明以近乎疯狂的状态每天工作近 10 个小时，有时甚至更长，而且时常会一周工作 7 天，有时半夜也会奔赴车间解决高难度的技术问题。比如，在维修洋设备的大多数日子里，很多人还在睡梦中时，他已经骑着摩托车在柳州清冷的街头奔向他热爱的工厂了。

第九章 少了个白领，多了个金牌蓝领

在众人的眼里，郑志明年轻、努力、勤奋，而且还有一双敏锐的眼睛，能够看出很多技术难题的症结所在；两只如有神助般灵巧的手，能将精度误差控制在 0.002 毫米以内。这种人仅仅在车桥厂当一个工段长，真是大材小用了。

平日里，一些老工程师对郑志明的赞赏都是发自内心的。他们认为，这么好的一棵苗子，再好好磨炼几年，必定能够挑起汽车制造业的技术大梁。这些年，郑志明在产能改进、技术革新、旧设备改造、自动化建设方面作出了卓越的贡献。他擅长通过修改和制造设备，减少购置设备的开支，为公司节省成本。除此之外，他的每一个课题研究都能够转化为生产力，形成专利技术。有老工程师从公司发展和培养人才的角度出发，不断向公司高层推荐郑志明这样一个人才，让他们把郑志明调到重要的岗位上。

按公司的职务晋升通道，郑志明已经在工段长岗位上干了几年，以他的工作态度和业绩，从工段长升到部门经理，再升到高层管理岗位，都是水到渠成的事。这样的职级晋升路径，也是郑桂福夫妇所期待的。毕竟在这样一个普通工人家庭，能凭自己的努力走出一个国企高级管理干部，也算是光宗耀祖了。

再加上诸如张金荣等老工程师发自内心的鼓励和推荐，郑志明自然而然受到感染。有那么一段时间，一种飘飘然然的感觉在郑志明心中涌动，让他对升职产生了一种志在必得的心理。这种感觉一直持续到某一天。这一天，他不但没有像人们认为的那样得到提拔重用，而且他原来的工段长职务也被免掉了。这兜头盖脸的一瓢冷水，将他浇了个透心凉。

到底是哪儿出了问题？这得从公司的改革说起。

2020 年，郑志明获评全国劳动模范

2010 年，柳州五菱公司产销蒸蒸日上，各种新产品的研发和新技术的应用热火朝天，新的生产线不断增加。一批设备更新换代，一批装备逐渐实现自动化、智能化，这时急需一个技术团队来保障工艺装备正常运行，还要根据产品类型和生产需要设计制造适用的工艺装备。于是，公司领导根据形势发展，尝试组建了一个新部门——生产制造设备运行部。这个部门有 200 多个技术人员，由戴诗亮出任总监，下面再设置 8 个部门经理。部门经理的职级相当于车间主任。传统业务有管理设备和维修设备，而改造设备、制造设备属于创新业务。

戴诗亮也曾在生产一线摸爬滚打。1993年，他从湖南工程学院毕业后入职柳州五菱，历经多个岗位锻炼。作为设备运行部第一任总监，戴诗亮此时的压力胜过泰山压顶。五菱汽车的产销量月月刷新，市场持续火热。成立这样一个机构的初衷，就是保障整个柳州五菱的工艺装备能跟上市场的节奏。

此前，戴诗亮与郑志明虽然认识，但两人分别在不同的分厂，工作交集并不多，交往也不深。不过，他是知道郑志明的能耐的，曾任过工会主席的戴诗亮十分欣赏郑志明的才干。在这次公司机构改革中，车桥厂原来的工装工段并入了设备运行部，技术力量得以整合。戴诗亮出任设备运行部第一任总监，要把工作搞好，有诸如郑志明这样的一员大将加入助力，他有压力的同时也有了信心。

然而，郑志明却多多少少有些郁闷：新成立的设备运行部设置了那么多个经理岗位，怎么就不考虑给我安置一个呢？此前说欣赏我的技能、技术，莫非全是虚情假意？这算怎么回事嘛。

当任职安排以文件的形式正式下发，所有的经理逐步到岗后，郑志明彻底失望了。他捞不到经理职级，连原来的工段长也被免掉了。在汽车工艺装备界，放眼望去，在郑志明这个年龄，有很多技不如他的人像流星一样迅速擢升到一些重要部门，甚至被外派到重庆、青岛、桂林等基地担任要职，他却还在原地踏步。郑志明觉得自己心绪有点乱，尽管此时的他坐在车间的条凳上，原地没动，但他感觉自己已经在转圈儿了。这几年每次遇到重大的事情时，他明明站在原地或者坐着不动，却总感觉到有一个自己正在转圈儿。

大江东去，英雄无奈。“唉，我只是一只狗熊而已。”他苦笑着自嘲，突然觉得此前所付出的种种努力，变得毫无意义。他所热爱的、熟悉的工厂瞬间变得陌生了。

郑志明觉得委屈极了，事情太突然，太没有理由了。他一个劲地回忆与戴诗亮的交集，是不是他在什么地方得罪过戴诗亮？难道他的工作有失误，或者表现得不够好，戴诗亮对他有成见？

好像也不至于吧！不应该啊，凭什么那么多个经理的岗位，就没有一个适合我呢？论成果，论业绩，论技术，论人品，我哪一项比别人差呀？郑志明越想越不是滋味，越想越不甘心。他要亲自问问这个戴总监究竟是什么意思。

心意难平。伤心之余，郑志明决定马上给戴诗亮打个电话。戴诗亮此时已经下班，系着围裙，正在厨房给家人做晚饭呢。他一看到是郑志明的电话，赶紧将火拧灭。

“戴总……”电话刚一接通，郑志明便有些哽咽，“这么好的一个机会，你不给我，选了别人，是不是我有哪些地方做得不够好……”不等戴诗亮开口，郑志明竹筒倒豆子般，直接说了厂里选人用人不公的事情。

“小郑，你听我说，你对机械工艺很有天赋，应该往技能、技术方面去发展……这更适合你目前的状况。个个都走管理岗，不符合我们国家职业发展导向，从制造大国到制造强国，需要更多像你一样优秀的操作类、技能类的人才，”戴诗亮历来性格温和，爱才惜才，并不为郑志明怒气冲冲的言语所激怒，“你为公司作出的突出贡献，大家都看在眼里，这样的安排也是为了让你有更好的发展。”

此时，戴诗亮更像一位长者，措辞准确，又不乏爱才惜才之心。他能理解郑志明，这件事放在谁身上也不会忍气吞声，抱怨两声也在情理之中。郑志明能给他打电话表达自己的想法，说明他对自己是信任的。

“为了我的发展？可我还是原地踏步，讲得真好听……”郑志明正在气头上，语气变得咄咄逼人。

“我不希望你把精力和时间耗在行政事务上，做管理，大部分精力会被牵扯，很费神的，这会影响你的技艺、创新和创造，只要你继续在技术和技能这条道上往前走，就一定会有属于你的一番天地……”

戴诗亮深为自己此前的工作做得不够细致而懊恼。他应该事先和像郑志明这类表现突出的员工推心置腹地谈一谈，探一探他们的心思，也不至于像现在这样让郑志明完全误解了他。事已至此，他只能尽力做好解释和安抚。

戴诗亮心想，明天一定要由人力资源部门和郑志明谈一谈。于是，他安慰了郑志明几句，便挂断了电话。

挂上电话，郑志明有很长一段时间缓不过气来。他第一次发现自己的内心并不是十分强大。走出公司大门，郑志明的心情仍有些沉重。他长长地叹了口气，思绪翻滚，有一种深深的挫败感。别人技术都不如自己，却当上了经理，可自己呢？你郑志明算哪根葱啊！

有时候，一个台阶是你一生的努力也等不来的。再往上走时，一步跟不上，步步就都跟不上了。郑志明想不通。毕竟能凭自己的业绩走上管理岗，从工人变成干部，这是很多在一线奋斗的产业工人的目标。可是现在，戴诗亮的一句“你更适合走专家路线”，让郑志明还得原地踏步。他嘴里满是苦味儿。

知子莫若父。郑桂福看出了儿子心中的委屈，来到床前和他谈起了心。父亲说：“走专家路线，也未尝不是一条路径，假如那是你喜欢做的，或者是你一直努力想爬上的塔尖，你就无须说不！”郑桂福让儿子学会坦然地面对

2023 年，郑志明带着徒弟检查设备

人生的起起伏伏，看淡一时的得与失。

按照公司班子议定的安排，郑志明这样一块“好料子”，如果放在管理岗位上，或许能成为一名白领，但是这样的话，中国汽车工业界必定因此少了一名金牌蓝领。

此时，公司正在进行一场“优化薪酬”的改革。像郑志明这样的特殊人才，如果完全脱离管理岗，在技术方面深耕钻研，走专家路线，可以充分发挥他知识全面、执行能力超群的长处。这对于公司和他本人都是有好处的。为此，公司结合实际，专门为他设置了一个“工装改造专家”的岗位，待遇等同于部门经理，纳入公司中层干部序列管理。空出他之前的工段长岗位，提拔一个班长上来当工段长，再提拔一个员工上来当班长，如此一来，整个车桥厂的人才资源就被盘活了。

新组建的设备运营保障部，在一定程度上算是柳州五菱的“直属部队”。公司的一些技改计划，将主要通过设备运营保障部来贯彻落实。把郑志明放在特设的“工装改造专家”位置上，公司就可以随时调用他去处理各种棘手的技术难题，而不仅限于车桥厂，也不仅限于设备运营保障部。至于薪酬嘛，每个月增加 800 元的专家津贴，与公司的经理人员待遇基本一样。

那些职称高、工资高的人面对800元的津贴，多少还能有些淡定，但郑志明这样的青年工人当时工资才3000多元，而且那时他刚成家，正是缺钱的时候，每月800元的专家津贴是一笔可观的收入，使他心里得到了一些安慰。当然，郑志明当时怎么也不会想到，用不了10年时间，就创建了以他名字命名的国家级技能大师工作室，作为领头羊的他，每年可以拿到数十万元的年薪。此为后话。

没有人对专家津贴表示拒绝。这毕竟是凭本事拿到的，这是一种荣耀。

兴趣是最好的内驱力。郑志明专注、执着于自己的兴趣，因此有了与其他人不一样的境界。

人力资源和社会保障部对人才聘任进行了改革，柳州五菱公司迅速制定了配套的人事管理制度。改革像一缕春风，吹化了冰封的湖面，泛起了层层绿波。员工们有了人尽其才、才尽其用、用有所成的机会，积极性、创造性节节高涨。新的薪酬制度更像神奇的杠杆，撬动了生产效率和质量一而再、再而三地提升。

柳州五菱对人才聘任做出了相应的调整后，曾经的"一潭死水"焕发出惊人的活力。像郑志明这样的特殊人才，评职称可以走两个序列，既可评聘高级工程师，也可评聘特级技师。产业工人成长成才通道畅通后，人才薪酬也跟着有了很大改善，让职校毕业的“郑志明们”得以打破技能人才发展“天花板”。

2010 年，郑志明被评为国务院政府特殊津贴专家。无论是以前的柳州拖拉机厂、柳州微型汽车厂，还是现在的

2023 年，郑志明（中）和徒弟在调试设备

柳州五菱，像郑志明这样只有职高文化程度的员工，比比皆是，但能够成为享受国务院特殊津贴的专家级蓝领工人却凤毛麟角。

随着时间的推移，每天都有繁忙的机修、研制工作等着郑志明去处理，对于个人职务晋升的问题，他早已释怀了。时间总会打磨掉外在的棱角，但时间不能消除的是内心的好奇与渴望。郑志明越发喜欢对机械制造进行深究细探，越发被那种巨型联动冲压机启动和运行时的力量感动，那种和谐的动感，奏出气势磅礴的乐曲，是大工业的力量征服了他的心。这些年，他一头栽进汽车制造业，这在外人看来是枯燥的、缺乏美感的，但在他眼里，汽车制造业充满了无穷魅力。

作为柳州五菱特聘的工装改造专家，郑志明成为新组建的设备运营保障部的核心成员，负责全公司的生产技术改造，而不仅限于车桥厂。他身兼数职，齐头并进，只是苦于分身乏术。公司将一些新入职的员工放到郑志明身边，当起他的助手，成为他的徒弟。

第十章 从徒弟到师父，我已成了你

“五菱宏光”销售持续火爆，深受市场青睐，经久不衰。上汽通用五菱的零部件供应商纷纷招兵买马，充实技术力量。于是，一张又一张招贤纳才的大网撒了下去，一批又一批身强力壮、朝气蓬勃的年轻人走进工厂，他们像新鲜的血液一样奔突在各个车间的肌体里。

就是在这个时候，谢评周来到了柳州五菱。

1991 年出生的谢评周，是柳州本地农村孩子，父母都是老实巴交的农民。他在农村长大，从小下河摸螺蛳、捉鱼，上树掏鸟窝，无所不能。初中毕业后，中考成绩不理想的他便自作主张报读了柳州市技工学校机电一体化专业。三年的学习，谢评周不但理论成绩优异，而且屡屡在钳工技能大赛中获奖。

2010 年夏天，谢评周毕业了，他学业优秀，虽是技校生，但也成了“别人家的孩子”。他遵从家人的意愿，没有去大城市的有名车企，也没有选择本地的其他企业，而是来到了柳州五菱。

幸运的是，他成了郑志明的第一个徒弟。

当谢评周被人力资源部工作人员带到郑志明面前时，谢评周恭敬地向郑志明鞠了一躬，响亮地喊了一声：“师父好！”

“嗯嗯，你好……”郑志明回应了一声，赶紧微倾一下身子，表示回礼。他仿佛看到 13 年前的自己，不禁遥想起当年自己刚满 20 岁时进入柳州微型汽车厂的情景。有一次，谭林科师傅让他给一块液压集成块打孔，六个面全都得打。需要打的孔数量很多，直径大小不一，一不留神就容易打穿互通。打好后，谭林科师傅是要检验的。只见他点燃一支烟，猛吸两口后，往孔里一吹，如果对面只有一个孔眼飘出烟来，就算合格；如果两个以上的孔眼有烟，那就只能作废。

果然，师父吹烟时，还真有三个孔眼有烟雾飘出。郑志明的脸腾一下红了，液压集成板亮锃锃的，映出了一个红脸儿。

“师父，用力过猛了，我赔行不？”“行啊，赔吧！这次打坏的是一块液压集成板，你赔。下次要是整坏一台发动机心脏，你赔不赔？就算你爸有钱给你赔，那你来工厂是为什么，为了搞破坏吗？”

这下郑志明不仅是脸红，连脖颈也红了起来。在技校学习的仅仅是加工零部件，而到厂里除了学机加工，还要学会维修和调试设备，甚至要学着做专机。要制造设备不是件容易的事儿，一是要自己动手加工设备，二是要学会组装设备。

郑志明意识到这一点后，顿时觉得毕业前的那次技能大赛获得的第一名简直不值一提，根本不能让自己得意多久。这种顿悟，是多么刻骨铭心。

转眼 13 年过去了，当初进厂时的情景仍历历在目，郑志明在不知不觉中熬成了师父。这一刻，他看到了三代产业工人的生命接续，犹如看见去年的稻田长出了谷子，而秋天掉落的稻谷又在风雨中孕育着明年春天的希望。庄稼一茬又一茬，产业工人一代又一代。

历史，竟然如此惊人地相似。这天，郑志明带领着谢评周，还有几个新入职的年轻工人参观了厂里的生产线。20岁的谢评周被眼前的情景震撼了。这是他第一次见到真正的工业机械臂，整条生产线，至少有80%的步骤是无人操作的。这两条生产线，正是带他的师父郑志明刚刚主导改装的放油螺母自动化生产线和后桥壳自动化环焊生产线。

这些机械臂就像独臂大侠，拿着焊条，令行禁止。有的机械臂有条不紊地点焊，发出吱吱的声音；有的机械臂像八爪鱼，抓拿安放，准确无误；还有的机械臂像巨无霸，看似笨拙呆滞，但传接递送间不差毫厘。

谢评周顿时热血沸腾，心里暗暗地为自己的选择而高兴，说道："这才是我的人生舞台啊！"

谢评周在毕业之前参加了一次全市技能大赛，获得了一等奖。那一刻，他有些沾沾自喜，潜意识里，他觉得这个舞台将是自己挥洒机械制造才情的地方，他一定会成为理想中的自己。这样的热爱和自信，对于新入职的员工来说，是难得的宝贵品质。他接下来的表现，也确实让郑志明刮目相看。

可是好景不长，在谢评周工作半年后，郑志明让他负责装配调试的一台压螺栓机器总是问题不断，制造出的零部件都成了次品。同事不得不和他一起加班，但还是装不好。这时，郑志明来了，他从头开始排查，发现谢评周最初安装零部件时垫片研磨精度不够，水平线总是歪的，导致零部件接合不好、间隙过大，进而影响了零部件的精度。

这样的问题已经不是第一次出现了，每次都是郑志明来给谢评周善后。郑志明只需更换一个自己现场研磨的垫片，调试一下精度，机床便顺畅地转动起来，所生产的合格零部件一个个往下一个工作点流动，像一张张竹排顺流而下。站在一旁的谢评周顿时条件反射般地脸红，感到仿佛有人在背后指着他说：“这小子毕业前获得的那个奖，不过是侥幸而已。”他也觉得自己在郑志明面前不过就是一个愣头青。这让谢评周对郑志明的敬佩之情又多了几分。

谢评周初来时的自信，在经历几次调试设备失败后，早已荡然无存，像一块热情过度的铁，被浇了一盆冷水，淬火了，冷静了。

谢评周开始不满自己的手，羡慕师父的手如有神助。调整设备时，一些小小的垫片有时要进行上百次的研磨才

2022 年，郑志明参加大国工匠年度人物发布仪式

能达到所需要的精度，误差小到 0.002 毫米，甚至更小，这个工作不能用机器来代替。有一阵子，谢评周真是手足无措，越是着急，设备调试的水平就越是达不到水准。反复几次后，曾经被谢评周奉为人生理想和追求的钳台，已然变成了他的噩梦。

知耻而后勇。谢评周暗下决心，要好好跟师父学习。

然而，做起来又谈何容易？

2010 年 7 月中旬，柳州已进入三伏天，两天前，工厂放了高温假。

这一年，柳州五菱在上汽通用五菱的拉动下，产能不断提升。如果不对一些生产线进行升级改造，就无法提高产能和产品质量，无法满足客户的需求。因此，工厂必须趁着放高温假的窗口期，对生产线进行一次大面积的检修和提升。

郑志明带领谢评周和团队的其他成员进场了，他们的任务是对一条后桥壳焊接工段 B 线和 C 线的设备进行改造。

他们只有七天时间来完成这两条生产线的改造工作。在项目改造的前两天，郑志明和谢评周负责对三台后桥双枪环焊机的改造效果和精度进行调试。仅这一项工作，就够难的了，更何况还要改造另外两条生产线。一旦他们的设备调试出了问题，收假时间到了不能正常投产，后果将是极为严重的。要知道，汽车生产是流水线作业，只要有一个零部件不能正常出产，所有的生产线就都得停下。

他们需要将这三台设备的动力头和夹具全部更换，然后调整其加工精度，只许成功不许失败。眼看工人收假的时间越来越近，这种紧张感和压力使人焦灼。为了按时完成任务，郑志明带着团队每天工作超过 16 个小时。他们的眼睛布满血丝，黑眼圈深重，但他们仍生龙活虎，会为机床一只细小的零部件锉削得精准而欢欣鼓舞。

好在一切都是按计划进行的。整条生产线在规定时间内修改完成后，立即投入了紧张的生产，按上游客户——上汽通用五菱的生产节奏赶制出一批产品，数以万计的汽车后桥源源不断地从车桥厂流到上游客户。

当整条生产线交付使用后，谢评周本以为可以放松一下了。于是，在某个晚上，他邀上几个朋友小聚。喝得正高兴时，他接到郑志明的电话，酒顿时醒了大半，他带着八分醉意赶回厂里。原来是厂里又一条设备出现故障，生产告急，郑志明正在现场指挥抢修，需要人手支持。当谢评周带着一个员工赶到现场时，满脸通红，浑身酒气，还执意说要和师父一起修设备，最后被郑志明轰出了车间。事后，谢评周每每回想起这件事，都觉得很懊悔。师父的包容、不怒而威，让他对师父更加敬重了。此后，他再遇到类似的酒局时，都能自我控制，时刻准备着跑步进场抢修设备。

渐渐地，谢评周从一个涉世未深的懵懂小子，变成一个能在第一时间为车间解决各类机械操作、设备故障问题的维修工人。同时，他还要负责设备的组装、安装和调试工作，内容多且繁杂，但他都处理得井井有条。如今，在班长的岗位上，每次接到零部件加工任务之前，谢评周都要仔细审查每张图纸的加工工艺，认真查阅和记录不同材料的特性和共性，分析加工性能、热处理等工艺，熟知每种材料加工时应使用何种刀具，以求造出高质量的零部件，满足业务层面多元化的需求。

所有这些，都离不开郑志明作为专家和师父手把手、以心换心的传帮带。

第十一章 更大的舞台，更重的责任

当年郑志明提拔部门经理无望，接着工段长职务也被免掉后，曾有过一阵子的挫败感。若人的内心也有一双眼，那他这双眼此时一定是雾障重重。他感到前程渺茫、内心憋屈，与很多年轻人一样，也有犹疑，也有涣散，也有懈怠。多年后，成为大国工匠的他，在回忆起当年的经历和心境时，已云淡风轻，好像在说别人的事。是啊，挺一挺，越过那道坎儿，爬上那座山，便能看见更远的风景，拥有一种更为开阔的人生。

时间再次给出答案，走专家路线，对于郑志明来说是最适合不过的了。

自2011年起，人力资源和社会保障部、财政部联合对某些领域里掌握一流技术的领军人物授予“国家级技能大师”荣誉称号，作为一种表彰。

2014年5月16日，是郑志明创造人生高光时刻的一天。这一天，以他的名字命名的国家级技能大师工作室，在柳州五菱制动器厂正式挂牌成立。假如没有那些探索的日子，没有那些失落的时刻，或许他就不会有机会达到这样一个新的高度。

这无疑是郑志明人生的一个新的起点。柳州市还通过以奖代补的方式，给郑志明国家级技能大师工作室补贴50万元，作为工作室运转资金。

第一批进工作室工作的技术人才有50多人，显然都是经过精心选拔的。工作室揭牌那天，当致辞、揭牌、合影等程序走完后，公司领导接着又安排了一些其他工作，然后问大家还有什么事情。众人都摇头表示没有了。一个刚入职的应届毕业生突然站了起来说道：“今天咱们工作室成立，要不咱们一起唱首歌吧！”

郑志明感到有些意外，看看众人，却发现大家虽然略有些尴尬，但并不算特别震惊，没准儿大家过去在各自单位里也是这样唱过歌的。公司领导开明大度，笑吟吟地说："好！"

这个应届毕业生机灵着呢，他考虑到众人的年龄差异，时下的流行歌曲不一定适合老中青三代，便选了一首老歌，率先起头唱了起来：

"团结就是力量……预备，唱！"

"团结就是力量，团结就是力量。这力量是铁，这力量是钢，比铁还硬，比钢还强……"

一时间，工作室里歌声嘹亮，吸引了分散在其他工段的工友们，他们赞叹郑志明国家级技能大师工作室从此就是一个充满力量的地方了。

嘴里哼着歌，记忆却在往事中溜达，郑志明没有抚今追昔、感慨万千，而是犯了职业病，忧思着如何让工作室今后能担得起"国家级技能大师工作室"这样的名号。他注视着工作室正前方的五菱徽标，五个菱形是五菱汽车的标志，但在郑志明的眼中成了一只展翅高飞的雄鹰。中间那个菱形，代表"造人、造车、造企业"的宗旨。他能否引领着他的工作室助力柳州五菱腾飞，在中国制造业拥有一片能尽情翱翔的天空？他有信心，但也感到有压力。再看旁边四个对称的菱形分别对应着四种价值观：以五菱发展为重，继承、学习、创新，客户至上，以人为本、团队合作。它们就像雄鹰的翅膀，为企业的腾飞提供强劲的动力。还有工作室门口高悬着的一块大牌子，上面用中英文写着“昨天你改进了什么？（What did you improve yesterday？）”这个短句，时刻鞭策着郑志明及其团队，也使他日益从容淡定，开始思考更多、更长远的创新工作室大计。

歌声停下来后，领导说，从今往后，大师工作室的原则将是“集众人之志，扬各方专长；造精良装备，克技术难关”。人群中响起一阵热烈的掌声。

这歌声，这掌声，让郑志明心生温暖。可以预见，工作室里的这群小伙伴，在漫漫征途中，将成长为一支强大的队伍、一个强悍的后台，经得起风吹雨打。

忙完工作室的事，郑志明回父母家吃饭。这天，女儿在幼儿园全托。妻子上白班时，按惯例回父母家吃午饭。郑志明刚进棉纺厂住宿区大门，便看见父亲坐在凉亭里，和一群老头儿在聊天。当他们看到郑志明走过来时，一起转过脸来，笑盈盈地看着郑志明。父亲得病后，烟早已戒掉了，身体每况愈下，经常陷入严重的抽搐和高烧状态。

但今天的父亲比往时更精神一些，干瘦的身躯后，夕阳落尽，大写意的几抹晚霞衬出了天空更为辽阔的寂寥。再强大的英雄豪杰也敌不过疾病的折磨啊！想想，父亲也曾是棉纺厂的一个人物，也曾当过师傅、工段厂和车间主任；但他的运气没有郑志明好，工厂在父亲还没到退休的年纪就破产了，他的热情和技艺没能在棉纺厂继续发挥，更不幸的是，他在52岁那年患上了癌症。

由于没有合适的治疗手段，且父亲不愿意住院，郑志明便把他接回家，和哥哥轮流护理与陪伴，费尽周折给他找到了最新的抗癌药。在父亲疼痛加重、难以忍受的日子里，郑志明每天的生活就是在无能为力中听着父亲虚弱而揪心的呻吟。即便是这样，也没有影响他在工厂里的发明创造。

这也得益于父亲在生病的日子里，把所能理解的人生问题向两个儿子总结了无数遍。那就是趁着国家形势这么好、工厂产的汽车行情这么好，好好搞研发，多多钻研技改创新，争取评上高级工程师、特级技师。这也是郑桂福未了的心愿。

那时，柳州五菱的发展驶入快车道，产值如日中天，郑志明的工艺装备设备改造项目一个接一个。郑桂福看着

郑志明（前排左二）参加第 45 届世界技能大赛——工业机械装调赛选拔赛

每天忙忙碌碌的儿子，满心欢喜地说：“志明啊，我发现你们天天都在攻坚啊，这是好事，不像我们棉纺厂，想攻一下都没机会。”

何为攻坚？在郑桂福看来，就是撸起袖子，争取百尺竿头更进一步，在高速中再弄出个加速来。他常对儿子说：“我的病就是这个样子了，陪与不陪都很难好起来，你们放手去工作，只要我还能动，就不给你们兄弟俩拖后腿。”说到底，郑家也是“工匠门第”，从来都不缺对中国制造业的情怀。对儿子做的事，父亲唯有给予支持和鼓励。

郑桂福知道儿子今天有喜事——郑志明国家级技能大师工作室挂牌，早上起床时他就把胡子茬儿剃干净，整个人看上去还是挺精神的。吃过早饭，服过药后，他和妻子一起出门。妻子去市场买菜，他到院子里散步，走累了就到凉亭坐坐。午休起床后他又来这里坐。他并不想刻意地向在院子里下棋、打太极、遛狗、逗鸟的老哥儿们炫耀这一喜事，但他们当中若有谁问起来，他还是会喜滋滋地说道说道的。正所谓“子贵父荣”嘛。

这个院子里住的大多数是“工一代”和“工二代”，忙的忙，闲的闲，不管是忙的还是闲的，都关注着柳州企业的发展前景。“工一代”年轻时通过招工的渠道，从天南地北来到柳州进厂当工人，几十年过去了，他们大半辈子都是在工厂里度过的。如果把工厂比作故乡，他们都堪称“老乡”，都有共同的身份和记忆。郑志明经常捧回大奖，上报纸，上电视，是郑家掩藏不住的骄傲，也时常勾起“工一代”们的“乡愁”。

今天这样的日子，郑桂福再低调，消息还是传开了。

在小区的凉亭里，刚坐下，他就吸引了多位老哥的艳羡目光并受到了由衷赞美，但他仍然保持着一贯的谦和，说：“这都是他自己运气好，进了柳州五菱，遇到了好领导，我什么忙都帮不上。”

这时，郑志明出现了。

“爸，我回来了。”郑志明又转过脸说，“邓伯伯好，李叔叔好，你们也在啊。”

邓伯伯和李叔叔走了过来，一起对郑志明表示祝贺，一个拍他的左肩膀，一个拍他的右肩膀，又一起按了按，说：“小郑，你这个仔干得不错。”“你爸养你这个仔，争气，值得！”这是工人老师傅鼓励小辈们的一贯方式，从不隐藏赞许。

“谢谢邓伯伯，谢谢李叔叔……”

这时，练伟萍听到楼下的说话声，将头伸出窗外，喊爷俩上楼吃饭。郑志明随口说道：“邓伯伯和李叔叔上我家吃饭去！”

“不，不，改日你做得更大时，我们再一起喝两杯庆祝庆祝。”接着是一阵爽朗的笑声。父子俩一前一后走进屋。练伟萍已将饭菜摆上桌。这一顿饭吃得相当好，像三个有缘人第一次见，相互感恩，谁都不说一个“谢”字，但觥筹碟碗之间，怎一个“谢”字了得？

郑桂福以前也好喝两杯，今天这个特殊的日子，想喝又不敢喝。练伟萍说：“工作室只是成立，运行得怎样，还得看这小子的造化，不急着庆祝。再说，你这病，再喝酒就等于吃砒霜。”因为戒了烟，衣兜里的那包烟跟了郑桂福好几个月，一根没少。当遇到烦事、喜事，他只是拿出来在嘴上叼着，闻一闻又放回去。

郑桂福只好将酒杯端起又放下。这顿饭吃到一半，郑志明的电话响了，他躲到房间接听。

这已经是珠三角地区第 12 个高薪诚聘的电话了，他的心又被激起一阵涟漪。

放眼观望整个中国制造业，外部环境早已发生了巨大的变化。长三角和珠三角一带的合资企业、民营企业数量与他刚毕业那年相比，早已不可同日而语了。现在，外资、合资企业对高级工程师、特级技师的需求量大大增加，都纷纷开出高薪诱之，技术工人成了抢手的香饽饽。

郑志明这些年和装备制造企业打交道，可谓朋友遍天下。看着之前一些搞电气、工装、机修的同事纷纷离职，在外面干得风生水起，如果说郑志明还能时时刻刻都心如止水，那绝对是假的。有些企业开出的年薪，是柳州五菱给的好几倍。想想一家老小，郑志明也曾犹豫过。

父亲罹患鼻咽癌已有10年，经历了恶性肿瘤患者都要经历的过程。让郑桂福时常感到欣慰的是，儿子在单位里工作勤勉，在家里孝顺。10年来，郑桂福已记不清去南宁住院化疗了多少次，都是儿子亲自开车接送的。在与疾病抗争的日子里，他看到儿子的业绩噌噌地往上蹿，即便走到生命的尽头，他也没有什么遗憾了。还没患病之前，郑桂福每天骑自行车去棉纺厂上班，总想象自己是在开汽车。他相信，总有一天自己会开上汽车。如今病了，再也没机会开汽车，而儿子却成了制造汽车工艺装备的技术专家。郑志明造出设备，设备又造出千千万万的零部件，零部件又组装成千千万万的汽车，汽车又有千千万万的人在开。每次想到这儿，他的内心就涌起一种巨大的欣慰。

郑志明何尝不想换更高薪的工作？这样起码可以改善家庭经济状况。现在每个月的收入还没到月底就花光了，兄弟俩合力，给父亲用最好的药，但仍不能延续父亲的生命。

另外，郑志明内心深处也舍不得离开培养他的柳州五菱。如果现在有那么一点成就了，就离开柳州五菱，离开这个团队，自己也未必能干出什么成绩。再说，柳州五菱在工艺装备智能制造领域，还有很多新技术要攻克，如果半途而废，那么对自己和公司都不是好事。

郑志明放下电话，回到饭桌前，没有跟父母提起电话内容。他知道，说了也是白说，父亲不会同意他离开柳州五菱的。

国家级技能大师工作室成立后，郑志明在汽车工艺装备界、自动化装备界的影响力不断提升，时常出差，一个月要飞好几趟北京、重庆、青岛等地。等手头的事忙完了，又到深夜了。已有20多天没回父母家了，父亲的身体每况愈下。在电话里，父亲总是说“没事，你们忙你们的，家里有你们妈妈在”。母亲接过电话，也说“你爸没事”。即使在机器声隆隆的车间里，或者在北风吹着的大街上，郑志明也能听出母亲鼻塞了，母亲的声音在发抖。这一切郑志明都明白，但没办法，世上诸多事情都可以分担，唯有疾病等少数几样，再亲近的人也爱莫能助。

那顿饭后的一个月零两天后，郑桂福的生命走到了尽头，未能享百年之寿。那天，郑志明接到母亲的电话，匆匆从外地赶回来，到医院见了父亲最后一面。弥留之际，郑桂福交给儿子两大任务：一是安心留在柳州，不要东想西想；二是照顾好母亲。

父亲走得安详，对于长期被病魔纠缠的他来说，也算是一种解脱。

郑志明国家级技能大师工作室致力于研发工装自动化装备，短短几年已成为全国同级同类工作室中的佼佼者。郑志明带领的团队可谓所向披靡，以一流的技术、质量、设备和人才优势，开始为全国多家汽车厂设计和制造各种自动化和智能化装备。他们研制的前悬挂装配线、桥壳自动上线机器人工作站、焊接线及机加工线自动化、副车架双机工作站等工装设备从柳州启程，被送往全国各地的制造企业，以每年创造上亿元产值的实力使柳州五菱的业绩雄踞全国同行之首。

仅 2018—2022 年，郑志明国家级技能大师工作室培养的技能人才中，就有 11 人次在国家级比赛中获得名次，39 人次在省部级比赛中获得名次，99 人次在市级比赛中获得名次。有的年轻人在自己的专业领域里学到一定程度后，或者辞职单干，或者另谋高就。人各有志，对于选择离开的员工，郑志明当然要挽留，实在挽留不了的，也只能给予最真诚的祝福。每每有员工离开团队，郑志明都要亲自为其饯行，并勉励他们今后不管是在哪里，都要永远保持精益求精的作风。从这个意义上来说，郑志明国家级技能大师工作室，除了攻克各种疑难技术、制造高端工艺装备，还输出了一种精神和文化。

第十二章 产教融合育新苗

毋庸置疑，20 多年来，郑志明的发明创造发生了巨大的变化。根本性的变化也许不在于从机械化到自动化再到智能化，也不在于日益精进的制造工艺，而在于支撑他把发明创造坚持做下去的动力。如果说，从最初的维修设备、改造设备到科研攻关、发明创造，是由澎湃的表现欲望、焦灼的自我进阶需求和一点点虚荣心所导引，那么，当他成为高级工程师、特级技师、大国工匠且在业内声名鹊起后，他的努力得到了相应的回报。当郑志明步入中年，一切稳定下来之后，按部就班逐渐成了他的日常状态。

“中年生活已然来临，你的创新创造何以为继？你要靠什么样的内驱动力，在这条大道上自信、从容、不竭地行走下去？”

在与郑志明的交流中，笔者试探性地提出这样的问题。郑志明还是保持着那云淡风轻的语调。他告诉笔者，现在的内驱动力变成了思考的习惯和为中国制造作贡献的担当。

这个内驱动力并非公司硬性下达的任务，而是出于对发展中国制造的自觉担当。任何一个在制造业摸爬滚打的从业者，都应该有这样的担当。

说得简单一些，便是一种匠心的传承。郑志明认为，企业应当将生产和教学结合起来，以培养出更多优秀的机械制造人才，不能让传承断层。

郑志明其实是个既务实又很浪漫的人。从 20 多岁成为一名钳工开始，他就深深地爱上了机械制造。如果将来我们的技术实力可以把人送到火星上去，那么汽车行业那时就应该有能力生产出毫无缺陷而且不会污染环境的汽车。自从在汽车工艺装备界成功地研制了一台台“专机”后，这几乎成了他的全部理想。

要实现理想，就需要有人才，就必须在这个领域里不断地深耕细作，所以，他对培养制造人才满怀信心。

“用最好的材料，做最好的教具；以最好的心思，培养最优秀的人才。”郑志明对自己和团队提出的要求，远超出一般特级技师和高级工程师的格局和视野。于是，在他的主导下，一套套独创的自动化焊接培训教具从无到有、从完善到精良，整齐地陈列在工作室的大厅里。一批又一批的新员工和大学里的莘莘学子，在这里感受到了机械制造工艺的魅力。

“垫片放在两个法兰密封面之间，拧紧螺母后，垫片表面上的比压达到一定数值后产生变形，并填满密封面上的凹凸不平处，使连接处严密不漏……”

这天，郑志明被一群人围着。他戴着耳麦，站在一台法兰环焊教学平台面前，一边操作一边用浅显的语言给学员讲解。他的身旁还有五组同样的法兰环焊教学平台，待他讲完第一节重点理论知识课后，学员将动手实操。

这一套法兰教学设备，也是郑志明第一次应用于教学中。他边教，边注意学员的反馈，然后对教学内容进行修改和完善。他尽可能将这些理论形成文字，汇编成机加工专业学生入职前训练的辅助教材。

今天的这批学员共有 50 多人，都是来自广西汽车集团旗下各分厂的新员工，他们将在这里进行为期两周的学习。

各大职业院校也纷纷前来洽谈，希望能与郑志明国家级技能大师工作室联手开展深度的校企合作，实现产教结合。郑志明一边拓展项目领域，一边结合学校的专业设置，给大专院校开发教具，外派员工到学校授课。这六组法兰环焊教学平台别出心裁，是郑志明带着团队根据产教

2014 年 5 月，郑志明国家级技能大师工作室揭牌（一）

有机融合的要求开发出来的，主要用于演示“五菱宏光”迷你新能源汽车后桥壳工艺装备的设计、安装和调试。在这里，学员们可以亲眼看见一个汽车零部件是如何诞生的，也可以模拟实操一个汽车零部件从图纸、工装设计、钳工安装、装配调试到产品制造的整个流程。当一个“五菱宏光”迷你新能源汽车的零部件在郑志明的手上制造出来，再由粗变精，大家看得一愣一愣的。原来，汽车的零部件是这样制造出来的，而制造零部件的工艺装备又是这样装配调试出来的。

“这么一个全方位的教学平台，都是谁想出来的？”现场有人问。

“当然是郑大师啊！”

这天，笔者刚好到工作室采访，耳闻目睹了整个教学过程。听到这话时，笔者不禁回想起郑志明说过的“要有往前看的能力和想象力”。笔者曾以为，一个典型的理工男，只有跟冰冷的机械打交道的务实精神，那些想象力应是他们过不去的坎儿。没想到，郑志明却有如此丰富的想象力，不仅创造了汽车制造业一个又一个的神话，还努力地将这种技艺传承下去。

工作室挂牌成立后，郑志明认真思考了成立这样一间国家级技能大师工作室对企业的重要意义。首先，要不断创新，通过研发更多自动化、智能化制造手段来提升公司产能、降低成本、提高质量、减员增效。其次，要大力培养高水平的技能人才。目前公司新上的项目都面临着工人培训的压力，这样一个培训平台对于缓解这方面的压力具有重要的作用。规范化的培训，能够使各企业的技术工人具有一定的通用性，有助于汽车工业未来调集不同企业的工人力量进行重点攻关。最后，培养高精尖人才，可以扩大企业和工作室的影响力。

以往，技术工人的培养不外乎两种途径：一是在工厂里通过师父带徒弟的方法来培养，二是建立专门的技术学校来培养。这些年来的实践证明，这两种途径都是可行的，但也有一些不尽如人意的地方。

比如，师父带徒弟的方法，在手工作坊的年代是可行的，但也免不了会出现一代不如一代的情况。师父从自己的师父那里学到的东西，恐怕就只有七八成，再教给自己的徒弟，又得打个折扣。几代传下去，最后水平就越来越低了。郑志明和谢评周师徒的例子却相反。今天的郑志明能成为集钳工、铣工、车工于一身的综合技能型人才，是因为他拜了好几个师父，才能学到这么全面的技能。郑志

2014 年 5 月，郑志明国家级技能大师工作室揭牌（二）

明从进厂时的普通技工成长为享受国务院政府特殊津贴的专家用了 13 年，成为大国工匠用了 21 年，而他的徒弟谢评周只用了 8 年时间就成了国务院政府特殊津贴专家。原因是什么？一是谢评周学习技能的条件更好了，有了前人打下的基础；二是有了工作室这个平台，谢评周可以得到全面、综合的培养，更好更快地从实践中积累经验。这也是工作室在培养人才方面一个成功、励志的案例。这更坚定了郑志明作为国家级技能大师工作室负责人的信心，在推优选树时，他找到了一个行之有效的方向。

所以，当大工业时代呼啸而来之时，一个工人所需要掌握的知识并不仅限于一个专业，如果这时候仅仅依靠师父来传授技艺，就更不可行了，必须由专门的、有实操条件的一个机构来延展技术学校未竟的培养工作。

要知道，当下的一些技工学校缺少一些必要的实操条件，开设的专业与企业需要的人才严重脱节，难免造成尴尬的局面。这样培养出来的学生，技能不适应制造业的发展。有的学生技艺不精，毕业后又不愿意从事自己所学的专业，更愿意去做行政类工作，或者一些比较轻松的工作。这样下去，未来就会出现高级技术工人短缺、人才青黄不接的局面。

从这个角度来看，企业里的技能大师工作室，能适时地、恰如其分地对人才的培养起到补短板的作用。郑志明给工作室做出这样的定位后，很快便得到集团领导的首肯。于是，他带着团队一边担负着追踪前沿技术的重任，着手自动化装备的设计和开发，一边用项目培养人才。同时，他还抽身到有校企合作意向的高校开展项目合作，研发适合大中专院校使用的教具。郑志明还是将那句“耳听为虚，眼见为实，自己用手操作了，才能装心里”视为培养人才的信条。

眼下，各家企业严重缺乏高级技工。郑志明利用工作室这个平台，带着团队开发了一套全国独一无二的法兰教学器具。他和团队围绕企业对各类技能人才的需求，结合高校开设的数控机床操作、铸造、电焊、装配、热处理、探伤等课程，编制教学方案与教材。

在人才培养方面，郑志明的方法是让学员们放手去做，从小项目到大项目，使他们一步步成长。一方面，整个广西汽车集团的产能在市场消费的拉动下大大提高，这时需要改造提升生产线，维护好精良的生产设备为整个产业服务；另一方面，各种新的技术难题不断涌现出来，必须及时攻克。一个技术难题攻克下来，工作室的成员将得到锻炼。工作室先后培养了近1500名高级技能人才，参与完成近千项自主创新项目。值得一提的是，郑志明还把多年的工作经验悉心传授给徒弟们，先后带出10多名高级工、技师、高级技师、公司特聘专家等。

就这样，郑志明用火一般的热情和精湛的技艺，把产教融合操持得红红火火。这跟形式主义无关，也不是浮皮潦草的面子工程，而是一个自洽的、完满的、理论与实操相结合的，并与装备工艺美学紧密结合的传承方式。

随着郑志明在汽车工艺装备界声名鹊起，他也成为国内多家大学汽车学院及众多汽车配件厂家争相邀请前去授课的对象。他的匠心和机械制造才华，如涓涓细流般输送到了远方。他到企业、大学里宣讲党的二十大精神，谈自己如何从一名普通技校生成长为一名大国工匠，他还推进工业知识进学校、进讲堂，让社会各界特别是大学生了解

2015 年，郑志明到职业学校参加校企合作推进座谈会

我国工业发展现状。

这天，郑志明应邀来到广西科技大学。16年前，郑志明在这所大学进修了机械工程及自动化专业。校方正期盼着郑志明的到来，他既是多种技能大赛的承办方负责人和专家团评委，又是从这里毕业的杰出校友，自然受到双份的热烈欢迎。

广西科技大学机械与汽车工程学院党委书记亲自前来迎接郑志明，将他带到了学院的“天工讲堂”。求真近道，明德致新，郑志明对这种氛围再熟悉不过——始终以工作为主，强调专业训练。郑志明还记得十多年前，他先在这所学校读函授专科，再由专科升本科。在求学的那五年里，他用周末或晚上的时间来这里上课，每次来都带着各种各样的问题。

有一次，郑志明在课堂上向老教授提问：“机床相关构件在热加工中会产生应力，这种应力会导致构件产生一定的形变，而这种形变会影响到机床的精度。怎样才能让机床释放应力，以保证精度和稳定性呢？”

治学严谨的老教授愣了一下，全班同学都在等着他的回答。显然，他是一位理论知识丰富但缺乏实践操作经验的学者，一时难以给出最佳答案，但这位老教授很快调整了情绪，呵呵地笑着说："你提的这个问题，问到了点子上。机床达到一定精度，需要同样有精度的零部件，而高精度的零部件的加工，则需在应力完全释放后方能进行，但现代工业机械没办法让应力自动释放，需要人工进行干预。"

"那采取什么办法来人工干预呢？"郑志明穷追不舍。教授始终保持着微笑，说："下次我再给你回答，可以吗？"

课后，老教授还真去实验室进行了实验，将最准确的释放应力的参数测了出来。郑志明再次来听课时，老教授在课堂上给了他一个满意的答复。

出于一种职业习惯，老教授希望每个在职大学生来上课时，都能带着问题来，那会使他打心底里感到快乐。

课堂不是业余者舞刀弄枪的地方，而是学真功夫的地方。这里与许多学校函授学习的方式有所不同，布置的课业任务相当繁重，要求非常严苛，学生要不断地实操。日复一日，多少个周末，多少个假期都是这样度过的……即便像郑志明这样在机械工艺装备界小有名气的在职大学生，学校的要求仍让他感到有一定的压力。

这所学校的高标准、严要求，让一些大企业十分敬重，并与该校保持密切的联系与合作。很多时候，还没等到毕业季，各企业就提前来"争抢"最出色拔尖的学生了。

“一切如故啊，”郑志明感叹道，“就像回家一样。”

此时此刻，郑志明坐在主席台居中位置，扫视着礼堂座位席上的400多名师生。他没有抚今追昔，而是想着尽快调整讲课的思路和内容，让这些学子更加热爱机械制造，发挥自己的最大潜能，投身到这个火热的行业中。

“以前，像我们这些职校毕业的学生，最高的职业等级就是高级技师。现在，国家出台了新的政策，我才通过自己的努力评上了高级工程师……”

2015年，郑志明在职业学校校企合作推进座谈会上发言

“老一辈的五菱人将一辆日本车拆解成5500多个零件，手工测绘、制模，通过普通的机床和人工敲打制造出我国第一台微型汽车。如今情况反转了，以前是我们研究别人的车，现在是别人研究我们的车。我们从引进模仿到赶超输出，是国家的培养让我们成了才，是党的好政策让我们干成了事。青年强，则国家强，当代中国青年生逢其时，施展才干的舞台无比宽广，实现梦想的前景无比光明……”

“哗——”

台下掌声雷动，所有学生的情绪都被郑志明给调动起来了。郑志明继续说道：“一个国家要成为世界强国，需要很多方面的条件，政治、经济、科技、文化、教育、法治，这些都很重要。还有一个方面也很重要，那就是工业。先贤说过，经济基础决定了上层建筑，生产力的水平决定了意识形态的水平。生产力是用什么来衡量的？现代工业的发展程度是一个很重要的标准，而这很大程度上取决于一个国家所拥有的高级工程师、特级技师，还有熟练的产业工人的数量……”

课堂氛围异常活跃。大学生们已然有了一种崭新的观念和眼光，来衡量、看待自己所处的时代和所学习的专业。年轻人其实并不缺乏思考能力，只是从前没有人把这些道理告诉他们而已。郑志明亲历了中国制造业一路走来的发展历程，他随便举几个例子，就能够让同学们身临其境般体会到技术上受制于人的痛苦和屈辱，也感受到技术发展给国家和个人带来的变化。郑志明这些年的讲学明显增多，其口才之好，在很多企业中也是出了名的。在高校里进行宣讲，所到之处，郑志明都收获了无数粉丝。

郑志明将时间卡得刚好，一个半小时后理论课结束了。随后，郑志明和同学们一起来到在学校里挂牌的工作室。这间工作室，也是以他的名字命名的国家级技能大师工作室。

除了在广西汽车集团，还有几所大专院校也开设了以郑志明的名字命名的工作室。此前，有些学校虽然也挂了牌，举行了隆重的挂牌仪式，拍了照，上了新闻，但仅限于此，没有真正开展教学。仪式终归只是仪式，郑志明一向看不上任何形式主义，他对那些只挂牌而没有开展实际教学的学校提出过异议。作为一名常年在生产一线的技能大师，他非常清楚企业需要什么样的技能人才。学校开设的课程，一旦与企业需求脱节，就失去了产教融合的意义。

所以，在实训教室，郑志明知道以什么样的方式给同学们讲课——

“拿锉刀的时候，手尽量靠近些。”

“做零件一定要考虑基准，没有基准就创造基准。”

“一个合格的零部件，误差不能超过 0.05 毫米。”当一个学生将自己加工的零部件捧到郑志明眼前时，其中微小的误差没有逃过他那双犀利的眼睛。接着，郑志明手把手地教学生如何锉削。

T 形凸件的加工课上，他详细分析了工件图和加工工

2024 年，郑志明向作者演示他发明创造的法兰教具

艺并亲自示范，同学们立马动手进行实践。90分钟的实训课，郑志明没来得及喝一口水，来回穿梭在机床前，手把手地教导着每一位学生。他一会儿帮忙调试打孔机器的角度，一会儿又上手处理打孔后遗留的毛刺。当发现同学们做出的工件出现共性的问题时，他会戴上耳麦，到讲台上进行统一的示范指导。

“过去我们学别人，但现在是别人学我们。我们从模仿学习到自主创新，从跟随者到开拓者，这场逆袭正是中国发展成为制造大国、加快迈向制造强国的缩影。”

“过去车间里的工人围着设备转，每天出大力、流大汗，没有什么奔头。现在基本上实现了累、苦、重的活儿都由机器人来完成，很少有靠人工做的……”

郑志明跟年轻学子们愉快地交流，营造了较为轻松的课堂氛围。有时，他的思维也会旁逸斜出，思考着自己与各大院校的关系，与这个时代的关系，与中国制造的关系。正因为这些，他才走进有需求的学校，面对着一群群陌生的学子，和他们建立起了师生关系、师徒关系甚至朋友关系。本来八竿子打不到一起的人，此时此刻，相互建立了紧密的联系。

第十三章 设备外交，到世界去

随着经济的发展和人民群众生活水平的提高，家用轿车以不可阻挡之势进入千家万户。只要听到汽车响，看到汽车动，无论是单独一辆，还是车来车往，汽车制造业的人都会热血沸腾。到了 2020 年，全国超过 40% 的家庭都拥有了汽车。如果使用无人机在上下班高峰期俯视各大中城市的大街小巷，可以看到一幅幅壮观的景象，那就是太阳底下或夜色中闪闪发光的一辆辆汽车在缓缓前行；但同时也正是因为这些汽车的增多，不可避免地加重了空气污染。因此，新能源汽车成为汽车工业的发展趋势。地处中国南方的上汽通用五菱和广西汽车集团携手，如果能先行一步，抢占市场，无疑是皆大欢喜的。

所以，当接到研发一条电驱桥生产线的任务时，郑志明及其团队精神振奋。以他们现有的技术力量和设备，研发一条这样的生产线并不困难；但电动汽车的电驱桥和传统燃油汽车的燃油桥的构造，还是截然不同的。

眼下，横亘在郑志明及其团队面前的有“三座大山”——电驱桥和燃油桥的主减速器完全不同；传统工艺设备不能直接用，需要重新研发；时间仍然紧迫。

放眼望去，国内其他有实力的车企，已纷纷研发出纯电动汽车并投放市场。时间给五菱人的机会只有这一次，一旦错失，就追悔莫及！

该用什么样的电驱桥来驱动这款纯电动汽车呢？这款车能不能大受欢迎，决定着五菱品牌汽车在国内市场以及即将发展的海外市场——印度和印度尼西亚的命运。经过种种努力，柳州五菱汽车科技有限公司已将这款电驱桥设计出来了，现要批量投入生产，那用什么样的工艺装备能批量生产出这款电驱桥呢？

当年的一个五菱发展成为两个新的五菱——广西汽车

集团和上汽通用五菱，其共同的文化母体与渊源，成为两家公司的“根”和“魂”。它们共同的企业文化伸向大地深处的“根须”，让它们都拥有高远深邃的“灵魂”。共同的文化母体与渊源，就是共同的文化认知——艰苦创业、自强不息的五菱精神，也是敢为人先、勇于创新的理想信念，更是奋力拼搏、谋求发展的勇气和信心。这些文化基因让“兄弟俩”在遇到技术难题时，步调一致，携手扬帆出海，一批批产品像一支支精准的箭，射向规划中的市场版图。

广西汽车集团旗下的车桥厂，作为电驱桥的重要生产厂家，起初按一万台产能设计，对焊接线、机加工线进行改装，使其成为一条可以生产电驱桥的生产线。万万没想到，首批产出的一万台“五菱宏光”迷你纯电动汽车投放市场后，供不应求。

按公司规划，急需再迅速研发出两条电驱桥生产线，一条投放在柳州本部，另一条投放在青岛五顺基地。任务很快交给郑志明国家级技能大师工作室，公司给的时间只有三个月。

领导将任务布置给郑志明时，一再强调产能要达到五万台。

2022 年，郑志明（中）出席党的二十大，与人大代表讨论报告

“就是竖床板，我们也要尽快拿出来！”郑志明接到公司下达的生产任务后，对大家说。工作室的成员，谁的骨子里没有不服输、勇于挑战困难的精神？

此前的一万台产能，是修改装备。现在的五万台产能，是要重新设计制造。虽然有了样板，但还要在原来修改后的产线基础上，进一步优化，设计一款更加柔性化的工艺装备，以适应新能源汽车技术的随时变革。

事实上，作为汽车制造的技术人员，他们时刻处在技术变革的潮头，这也是他们所期待的理想画面。站在大变革的十字路口——新能源、智能化、网联化、共享化，新能源汽车必将取代传统的燃油车。郑志明不是设计汽车样式的设计师，而是那个为了让设计师的创意能够实现、想方设法制造出适合的工艺装备的人。他越来越觉得自己专为汽车制造行业而生。

郑志明立即召集团队核心成员进行研究。在等待开会的这个空隙，他迅速在心里梳理出了一个方案：研发两条“五菱宏光”迷你新能源汽车电驱桥生产线，一要在保证质量的前提下适当增加机器人自动化生产线；二要在加工和焊接工艺上下功夫，采用一些先进的加工和焊接工艺来生产电驱桥的零部件；三要提升装配的技术和质量，把过去的液压压装更换成新一代的伺服压装系统，然后设计一些先进的装配设备和工艺。

很快，团队成员陆续来到郑志明的办公室讨论。一场进军新能源汽车的研发战役，在郑志明国家级技能大师工作室打响了。

聊到这里，郑志明真诚地看着笔者说：“廖老师，你们搞写作，要具备的最重要的能力可能是回忆的能力，往回看时你的想象力才会被牵出来。而我们搞机械制造和工艺装备设计的人，需要的是往前看的能力，往前看的眼光加上对机械工艺的想象力，才能去粗取精、去伪存真。而这种前瞻性的想象力，需要长期的思考和摸索。”

“的确，向前看的想象力比向后看的想象力更有难度，”笔者点点头说，“你看看，你在往前看的想象空间里，无限延伸，直至成为汽车制造业的翘楚。”

“廖老师，你真会鼓励人啊。”我们都齐声笑了起来。笔者的脑海里随即闪现出“到世界去”这几个字。“世界”是个宏大的词，但往细微处看，在我们日常生活中，中国制造和世界已然发生了紧密的联系。这时的“世界”已不是一个抽象的词。

郑志明还小的时候，曾跟着外婆住在柳州新兴农场四方塘，那时他觉得世界的尽头就是父亲工作的棉纺厂。后来，他上了技术学校，毕业后进了工厂，经常到各地参加各种比赛，他的关注面也转向了世界汽车制造业的资讯和发展趋势，也经常与一些国外专家进行机械制造工艺方面的交流，他的想象力超过了父辈的想象力。

眼下，郑志明和团队要研发的工艺装备发展方向很明确，就是要到国外去，走向世界。

“电机 + 减速器 + 后桥”的组合就是业内俗称的“油改

电”模式，与燃油车动力结构区别不大。而电驱桥是一种全新的技术方案，它高度集成了电机、减速器、差速器等零部件，让车桥具备输出动力的能力。

郑志明及其团队的任务，是研制一套能制造出适合五菱电动汽车电驱桥的工艺装备。不管怎么设计，终极目标都是将分散的零部件高度集成。集成化电驱动总成可以共用部分壳体，减少传动部件，减轻系统重量，缩小系统尺寸，有效提升电驱动系统的功率密度。零部件的数量减少后，系统整体耐用度则需要提高，性能也要得到有效改善，成本也会随之降低。只有这样，整车轻量化电能驱动才能跑得更快、跑得更远。

果不其然，这样一种脱胎于想象的成果成功从图纸中走出来。很多人搞不清楚，郑志明用的是什么方法，竟能让这些庞杂的机械如此乖巧地听从他的指挥。

当任务完成后，时间已到了秋季。2017 年 7 月 12 日，广西汽车集团首个海外基地——柳州五菱汽车印度尼西亚有限公司在印度尼西亚首都雅加达举行揭牌仪式，正式建成投产。五菱汽车终于扬帆出海，开始逐鹿国际市场。

根据横向联合的战略方针，广西汽车集团将基地建到了重庆、青岛，现在又向印度尼西亚进军，接下来，还要到印度。这是集团以柳州为根据地，内联外引，扩大生产能力和企业实力，实现快速发展的具体模式。

这无疑是一张让人热血沸腾的辉煌蓝图。

其实，早在2015年，广西汽车集团便开始在非洲市场进行考察。随即，又在东南亚的印度尼西亚建设基地，生产汽车零部件，为上汽通用五菱进军海外市场提供强劲的零部件供给支持。

一切都在悄然进行，润物无声。

广西汽车集团对印度尼西亚的经济发展和市场状况越来越了解，信心也越来越坚定。

汽车行业的海外市场一般被分为两类：一类以整车出口盈利为主，称为利润市场；一类通过产业链进行市场开发，称为战略市场。

单一国家的汽车年销售量比较大，在100万辆左右；有一定的汽车工业基础；有支持汽车工业发展的产业政策；能与中国现阶段发展状况相适应。这四个条件，好比四滴照片显影剂，在广西汽车集团筛选的国际战略市场的各个国家身上一“滴”，是不是目标，结果立现。

广西汽车集团的目光，最终聚焦到共建“一带一路”国家印度尼西亚。就是在这个国家滴了一滴“显影剂”，

2022 年，郑志明（中）出席党的二十大，与人大代表一起走出人民大会堂

显示出来的是强劲的新能源汽车市场。

尤其是 2015 年，印度尼西亚政府发布了新的政策，吸引外资来促进本国汽车工业发展。随着印度尼西亚政府出于对新能源汽车市场的大力扶持，出台减免车辆购置税的政策，广西汽车集团把握机遇，加速开拓印度尼西亚电动汽车市场。

天时、地利、人和，一切具备，时机终于成熟了。

广西汽车集团选择与印度尼西亚工业发展有限公司携手发展。2015年底，双方签订合资建厂意向书，成立了五菱印度尼西亚公司，在印度尼西亚建立一座年产数十万个五菱新能源汽车零部件的制造厂。

随着新能源汽车时代的到来，一直在研发燃油汽车零部件工艺装备的郑志明，早早地意识到了新能源汽车是个充满机遇的广阔领域。集团把发展目光投向了核心零部件——新能源汽车电驱桥。

郑志明起初对新能源汽车并没有太多了解，但他喜欢挑战，喜欢一切新生事物。新能源汽车，正在逐步取代燃油车。谁能尽早地研发出电驱桥生产线，谁便可将新一代的产品投放市场，亦步亦趋跟上来的，怕是只能羡慕别人赚得盆满钵满了。

然而，这一肩负开拓市场重任的车型如何确定，考验着广西汽车集团的上游客户——上汽通用五菱领导们的智慧。广西汽车集团的产品跟着上游客户走，他们的车型需要什么样的零部件，广西汽车集团就会以最快的速度研发出来。这时，郑志明及其团队设计的工艺装备就得提前进场。

印度尼西亚的国情、造价成本和市场购买力几大因素是要考虑的关键。几经研究，反复修改，不断调整，五菱人终于得出一个可行的思路。简单地说，就是把物美价廉的零部件用极易更换的方式组合到一起，打造一台修起来方便、价格也便宜的车。

正是在这种造车思路下，“五菱宏光”迷你新能源汽车得以诞生。而这种造车思路是国际大厂们很难模仿的，或者说是只适合中国国情的，国外很难复制。

任何一个行业，远远看去，就像山顶的庙宇，似乎并没有奇特之处。然而，一旦进入，那竟是一个广阔而深邃的世界。庙宇建筑风格迥异，结构布局千差万别，雕梁画栋，彩绘摹刻，奥妙无穷，博大精深。

这场电驱桥生产线研发战役打响后，郑志明及其团队早出晚归，“泡”在车间里探讨和试验。一次次试验，一滴滴汗水，结出一组组数据的硕果，黑暗茫然的未知世界里，渐渐地闪烁起了星星点点的萤火。一扇扇紧闭的大门被叩开，一段段前路被照亮。

终于，最后一轮的试制，团队完成了焊接、装配等全系列生产线的研发，助力上汽通用五菱快速抢占市场。就这样，郑志明及其团队为“五菱宏光”迷你新能源汽车占领国内、国际小型新能源汽车市场作出了巨大贡献。

“咱们造出的汽车，也不输给发达国家造的汽车。”郑志明对我国的汽车制造业充满了自豪和信心。

多年来，上汽通用五菱致力于进军海外市场，已开拓东南亚、南亚、中东、中南美等地区的市场。2017 年，在印度尼西亚生产的第一辆五菱汽车下线，上汽通用五菱成为首家带领汽车全产业链到达该国的中国汽车企业。来自中国广西柳州的上汽通用五菱，成功闯入了一个被日系车“统一天下”的汽车市场，将一枚中国品牌的楔子牢牢插

2022 年 10 月，郑志明（中）出席党的二十大，与广西人大代表合影

在海外。

上汽通用五菱与广西汽车集团携手，以让人叹为观止的速度，研发出新能源汽车，迅速占领海外市场！

郑志明国家级技能大师工作室培养出来的员工，被派到印度尼西亚，成为技术骨干。郑志明也将目光从传统燃油车转向新能源车，聚焦智能装备制造领域，主攻电驱桥、混动电机发动机等。郑志明的一位徒弟在印度尼西亚接到安装一台前悬装配线的任务，这是他第一次独立安装项目。在接到任务后，他仔细分析图纸，分解工艺，细心地检测每个零部件的精度，对于安装的精度也是精益求精，最后得以按时、按质、按量完成项目。

“设备的精度靠的是每个零部件的精度，每一道工序、工艺都要认真做好，”郑志明对徒弟们说，“要一步一个脚印，为加快迈向制造强国贡献自己的力量！”

日本名古屋大学山本真义教授专门买了一辆“五菱宏光”迷你新能源汽车，运回日本进行拆解，为的就是研究中国车企为啥能把这款车卖得这么便宜。

经过一番拆解和研究，一辆售价 3.88 万元的“五菱宏光”迷你新能源汽车，最终估算的零部件和组装成本约为 48 万日元，在当时大约是 2.69 万元。

之所以能实现这样的超低成本，这位日本教授总结了两个原因：一是极致减配，比如省掉了动能回收系统和电机等装置的水冷系统等；二是造车思路的转变，正是在这种造车思路下，这种在中国大受欢迎的车型，在国外却非常少见。就算有类似的车型，价格也会比国内贵得多。

改革开放初期，柳州拖拉机厂采购了一台日本报废了的三菱汽车，拆解后仿制了第一辆微型汽车，从此走上了汽车制造道路。40 年后的今天，日本教授购置了一辆“五菱宏光”迷你新能源汽车回去拆解研究，却发现没有一个零部件是日本生产的，全是中国制造。

这很耐人寻味。

2023 年 2 月 28 日，广西汽车集团下属五菱新能源汽车有限公司向日本一家客户交付首批 G050 纯电动物流车。从“引进模仿”变成“赶超输出”，这体现出五菱人在汽车制造行业的深耕不辍，他们有一股狠劲和韧劲，发力打造全产业链，推动产业转型升级，为企业发展注入了源源不断的新动能。

汽车轻量化已成为汽车制造行业不可逆转的发展趋势，其中给汽车零部件“减重”是关键。过去，能让零部件更轻的热气胀技术一直掌握在国外车企的手里，国内没有一条生产线应用该技术。为突破这个“卡脖子”的难题，郑志明及其团队联合多家科研单位攻关，解决材料、模具、工艺设备等诸多挑战后，在柳州市柳东乘用车零部件生产基地中建成了超高强度钢管热气胀成形生产线，并于2020年12月22日通过国家重大科技专项综合绩效评价。

这是国内首条热气胀成形生产线，生产节拍可达72JPH，年产能可达48万件，填补了国内该项技术的空白。如今，五菱人在一条生产线上集成了充液成形、热气胀、热成形三种核心工艺，可柔性化生产超高强钢的管类、梁类等封闭结构零部件及热成形类车身钣金件等产品，让汽车在变轻的同时更具安全性。

这一段描述看似简单，其实整个电驱桥生产线的研制极其复杂。它既需要电装学、工程学、结构学、物理学、数学等方面的综合理论知识，也需要极精细的动手操作功夫。郑志明及其团队为生产电驱桥的工艺装备研究制定了五套技术方案。

无论是国际还是国内，汽车制造界历来是专家云集的地方。每个人都有自己擅长的领域，或是电气自动化研发方面，或是大型装备调试方面，或是工艺设计方面，这些都偏重于技术。像郑志明这样可以称得上技术和技能复合型人才的，并不多见。

当一台又一台工艺成熟的大型工艺装备，从郑志明主导设计的图纸中走了出来，调试完毕，被运到异国他乡，顺利生产出标着“中国制造”的一个个零部件，郑志明皱了多日的眉头终于舒展开了。

要知道，在过去的时间里，上汽通用五菱倾尽全力开发多款五菱车型，并保持着耐用、低价位、低油耗的优点，大有一番在世界汽车制造业一展宏图之势。曾经，在国际汽车界，五菱的车型和技术都处于低端，根本无法与其他国家的汽车相提并论。然而，20年过去了，上汽通用五菱自主研发的新能源汽车，像一匹黑马，可以在国际市场与大品牌汽车一较高低了。

曾几何时，一路走来的中国制造，在高铁、核电、火电、水电、特高压输变电、风电、冶金、机床、造船、汽车、新能源等装备研制领域取得丰硕成果，中国制造的拳头产品，已具备与国际装备巨头同台竞技的能力。国产化的进程，离不开十几亿中国人的共同努力。国家一步步走向强大，每个普通人也通过打拼奋斗实现了人生价值。如此精彩纷呈的故事，难道不震撼人心吗？在中国制造业发展的这条滔滔江河中，“郑志明们”不仅造“神车”，也培养输送了一大批机械制造人才。他们还能制造各式各样的发动机、特种车等各种工艺装备，他们生产出的零部件盘活了一大批大大小小的相关企业，促进了就业。经过换血重生，他们自身已然具备将技术输出海外，在世界制造界与他国一较高低的能力。

郑志明的故事也是中国工业发展的一个缩影。他已不是传统意义上的产业工人，而是具有高科技知识的产业领跑者。在柳州，有这样一批企业家和工人，倔强地奋斗着，他们是中国制造业的中流砥柱——他们不是被赞美出来的，也不是虚构出来的，是实打实地存在于我们身边的。

后 记

我出生在农村，最熟悉的是乡村生活。从我父亲往上数三代，都是在土里刨食的农民。家族里没有一个人是当工人的。周围的亲戚好友，也没有在大企业工作的。所以，我对大工业压根儿没有一点生活经验。

认识郑志明，是在一场宣讲报告会上。他作为党的二十大代表，刚获得“大国工匠”“中华技能大奖”等众多荣誉，巡回宣讲来到鹿寨。当时，我坐在台下听，心里很快给郑志明贴上了“草根逆袭”的标签。正所谓英雄不问出处。以前我的老领导常用这句话来激励我，鞭打快牛，使得我在工作中永远保持一种奋力奔跑的状态，又心怀感激。此时，看到台上的郑志明，一身蓝色工装，一名实打实的金牌蓝领，让人甚是敬佩。

中国文学界都说工业题材不好写，尤其是现代工业题材更难写。像我这样没有一点工厂生活经验的，写起来难度更不容小觑了。

第一次走进位于柳州市河西高新技术开发区的郑志明国家级技能大师工作室，正值正午，明晃晃的太阳直射到车间铁皮顶棚，一阵热浪袭来。来到二楼的办公室，窗外是一个两千多平方米的大车间，站在二楼俯瞰，映入眼帘的是一排排大型机械装备和教学所用的工装教具。

头顶上横挂着“What did you improve yesterday？”（昨天你改进了什么？）的蓝底白字。第一次来，我就被这种巨型联动压机的启动和运行所感动。那种和谐的动感，几万吨的力量，在起伏的节奏中，犹如教堂的管风琴，奏出气势磅礴的乐曲，充满了一种艺术感。

在传统的观念中，工业是枯燥的、缺乏美感的。但随着对汽车工业的探究越发深入，我对汽车工业从陌生到熟悉，进而越发理解和热爱了。大工业的关系和力量让我着迷。

车间飘散着淡淡的机油味。办公室窗明几净，书香氤氲，绿植婆娑，与郑志明气定神闲地描述如何对工艺装备进行改造、如何设计自动化装备的语调很搭。那些困扰多日的参数、突然迎刃而解的细节，鲜活且有回味，都融入一杯杯浓茶里。其中，关于如何“技改”“智造”，是我们茶叙的核心话题。郑志明认为，是师父当年教给他的精湛的钳工技艺为他打下坚实基础，让他在前人的技法上不断深耕，从而研发制造了一大批自动化、智能化的工艺装备，既提高了产能，又保障了汽车零部件质量精良。他由此触类旁通，延展到其他领域的自动化工艺装备制造，其意义早已超出了“钳工”这一技术层面了。在我看来，这是他对中国制造工艺装备界的一大贡献。

在郑志明的讲述里，我仿佛看到时光深处有一只巨型的机械臂，推动着我国工业制造这台庞大的机器往前走、往高处走，再往前走、再往更高处走。作为一名写作者，如果不去把它其中的奥妙描绘出来，让读者知晓身边的“大国智造”包含哪些东西，这本身就是一种遗憾。

对于五菱汽车，我并不陌生。我家便有一辆二手五菱宏光。而我刚学开车时，也是用五菱宏光来练车的。我一方面研究五菱汽车制造的历史渊源和技术力量，一方面了解汽车制造公司里的组织架构和人事关系，郑志明及汽车工业园里的产业工人群像，在我的脑海里逐渐清晰起来。

“造五菱神车，做优秀之人”，是五菱的从业理念。他们不仅在造车，也在磨炼意志和情操。他们每天跟冰冷的钢铁和机械打交道，每个人本身都有一副硬朗的体魄、一种钢铁般的意志。不管在五菱工作了多少年，不管研发了多少套工艺装备，造了多少台车，当每条研发的自动化生产线投产，每台新款车成功下线，那种激动、紧张的时刻，都会让他们热泪盈眶。他们用智慧和汗水，创造了现代大工业的壮美！

用文字做工装，用工装造汽车。让不懂机械制造的人能看懂做工装、造汽车的奥秘，并能生出许多意趣和怀想；让懂机械制造的人读后也觉得受用，从中获得他们之前没有的视野和认知，并且要笔头饱满地展示汽车背后的大国工匠，这个定位有些偏高，实际上我还很难做到，但我喜欢“匠心”这个词，也为淋漓尽致地呈现它而倾尽全力。

郑志明像锉削一个精度较高的工装构件，又像在研制一条复杂庞大的生产线一样，不厌其烦地给我讲述汽车制造工艺装备方面的知识。我记下他反复提及的名词和名字，顺藤摸瓜，一路探究。我发现产业工人本身就是一座文学富矿。这些工人老大哥热情、质朴、谦和、真诚、率真的秉性，让我找到了一个遥远时空文学选本中的“核儿”，填补了我对工业领域认知的空白地带，又如此贴合我后来的感受，并形成对另一个时空的呼应。他们，和千千万万的产业工人一起，加速了中国的工业化、国产化进程；他们，如一个个固定的锚点，成为我走近工业制造现代化最方便的观测点；他们，以一个个真实的生命，成为我对波澜壮阔的工业进程最真切的感知。

无论是中国还是世界，凡是大的现代化建设历程既有相同之处，又有不同之处。大至整个国家，小至一家企业、一户人家，都有特别的故事。我所写的五菱汽车属于汽车制造业，发生在21世纪，书写的对象远远不是传统意义上的产业工人，而是具有高科技知识的领跑者。故事情节的发展永远都与宏观经济相关联，无论是大人物还是小人物，都与大时代息息相关。

经过他们的讲述，我对汽车工业发展历程有了一个比较清晰的轮廓。再次回到电脑前，我有了足够的信心和底气。现实主义作品的魅力，其实是来自这个火热时代的魅力。如今，中国在高铁、核电、火电、水电、特高压输变电、风电、冶金、机床、造船、汽车、新能源等重大装备研制领域取得了丰硕成果，中国制造的拳头产品具备了与国际装备巨头同台竞技的能力。国产化的进程，离不开十几亿中国人的励精图治。国家一步步走向强大，每个普通人也通过打拼奋斗实现了人生价值——如此精彩纷呈的故事，难道不震撼人心吗？这些故事本身就具有极强的感染力，需要有人去记录。在工业发展的这条滔滔江河中，我只不过是撷取了一两朵浪花进行书写。

郑志明的故事也是中国工业发展的一个缩影。在地处华南的柳州，非北上广，非省城，有这样一批企业家和工人，从无到有，倔强地奋斗着。他们业精于勤，遭遇重重磨难，依然没有放弃，创业时“艰苦奋斗，自强不息”的口号依然激荡人心。或许，他们就是中国制造业的中流砥柱。行文至此，我猛然发觉，“郑志明们”又何止是这个时代大潮中的一两朵浪花呢？

2024年9月